Manuel Vázquez Montalbán

Laura und Catalina

Zwei Liebesgeschichten
des Pepe Carvalho

Verlag Klaus Wagenbach Berlin

Lauras Asche

Der Sarg gleitet langsam in die Flammen des Krematoriums. Es ist die Langsamkeit eines traurigen Abschieds, so als wäre die geheimnisvolle mechanische Vorrichtung, die den Vorgang steuert, sich dessen bewußt, daß der Verbrennung eines menschlichen Wesens eine gewisse Bedeutung zugemessen werden muß. Verschiedene Reaktionen in den Gesichtern der Zeugen. Ein altes Ehepaar, ebenso verstört über den endgültigen Tod, dem sie beiwohnen, wie durch ihr eigenes Unvermögen, ihn zu verhindern; ein gut vierzigjähriger Mann, mit vom Weinen geröteten Augen, einen Jungen am Arm, der hemmungslos weint; Betroffenheit auch auf den Gesichtern von weiteren vier oder fünf Familienmitgliedern, die das Unwiederbringliche in größerer oder kleinerer Distanz miterleben; eine drückende Traurigkeit auf dem Gesicht Carvalhos, Traurigkeit und auch ein gewisses Gefühl von Schwäche, von Zweifel. Der Sarg ist schon verschwunden. Aus dem Kamin des Krematoriums beginnen Rauchschwaden menschlichen Fleisches aufzusteigen. Die Angehörigen ziehen sich in einen Raum zurück, wo sie auf etwas warten, und plötzlich bricht der vierzigjährige Mann in Schluchzen aus, weist die liebevollen Zuwendungen der anderen zurück und geht außer sich auf Carvalho los, auf den er blindlings mit beiden Fäusten einschlägt. Carvalho weicht aus, gibt zu verstehen, daß er den Angriff nicht erwidern möchte, doch schließlich antwortet er mit einem Fausthieb, der seinen Angreifer stoppt, und als Carvalho seine Attacke mit einem weiteren, endgültigen Faustschlag abschließen will, begegnen seine Augen denen des Jungen, erschrocken und traurig, die seine Faust aufhalten und ihn den Arm senken lassen, langsam, aber nicht den Kopf, der weiterhin von dem Blick des Jungen wie hypnotisiert ist. Die Gruppe löst sich draußen im vollen Tageslicht auf. Carvalho wartet noch, wobei er aus der Ferne den rachsüchtigen Blick des Angreifers, der bei seinem Sohn und dem alten Ehepaar geblieben ist, in den Augenwinkeln behält. Aus dem Krematorium kommt ein ernster, grauhaariger, höfisch wirkender Herr heraus, der sich vor den Alten verneigt und ihnen das Gefäß mit der Asche überreicht. Der Alte nimmt es entgegen, ihm zittern die Hände, Beklemmung, vielleicht auch Furcht liegen in der Bereitschaft seines Körpers, das entgegenzunehmen, was ihm von dem geliebten Wesen bleibt. Schließlich sieht er zu Carvalho und geht auf ihn zu. Als er ihn erreicht hat, übergibt er ihm das Gefäß.

»Nehmen Sie. Laura hat schriftlich verfügt, daß ihre Asche Ihnen übergeben werden soll. Ich verstehe es nicht, akzeptiere es aber. Es ist der letzte Wunsch meiner Tochter. In Wahrheit war sie für mich in letzter Zeit eine Unbekannte. Eine Unbekannte meine eigene Tochter…«

Als Carvalho die Urne an sich nimmt, bricht der Alte in Schluchzen aus. Carvalho betrachtet das Gefäß, hebt die Augen und begegnet erneut denen des Jungen. Er versucht, unter den jetzigen Zügen die Archäologie des Kindes wiederherzustellen, die er im Gedächtnis hat, und der Junge bemüht sich seinerseits den Schatten einer Erinnerung mit der Realität des Mannes, der ihn immer noch verwirrt ansieht, zur Deckung zu bringen. Und als sich die Gruppe auflöst, bleiben die beiden Auge in Auge zurück, obwohl sie sich vielleicht nicht so wahrnehmen können, wie sie gegenwärtig sind; und es ist Carvalho, der sich umdreht und der Versuchung der Erinnerung den Rücken kehrt, die Hände ebenso voller Asche wie die Augen. Diese Asche in den Augen möchte er sich mit den Fingern wegwischen, als er sich in sein Auto setzt und das Gefäß mit dem, was von Laura übriggeblieben ist, scheint es in einen Leichenwagen zu verwandeln, den nur er als solchen wahrnimmt. Die Urne erlangt ein Gewicht an menschlicher Anwesenheit, unmöglicher menschlicher Anwesenheit. Regen schlägt gegen die Mauer des Krematoriums, es bilden sich schmutzige Pfützen am Straßenrand, den Trümmer und namenloses Gestrüpp bevölkern. Jede Pfütze scheint aus Blei und den Blick Carvalhos zu fixieren. So als versiegelte das Bleigewicht den notwendigen Austritt der Tränen, und diese unmöglichen Tränen verwandelten sich in ein schmerzhaftes, hitziges Pochen im Kopf, das ihn dazu zwingt, die Augen zu schließen. Bruchstücke von Laura, von ihm selber, vom Kind, Fetzen von Sätzen, von Lächeln, von Gewissensbissen. Plötzlich die ganz scharfe Erinnerung an das erste Mal, als Laura nicht zum Rendezvous erschien, und er ein Gefühl der Erleichterung empfand, weil ihn die Abwesenheit Lauras, wenn auch nur für diesen Nachmittag, vom obszönen Laster der Liebe befreite. Er lehnte es ab, sich darüber zu äußern, ob er Laura tatsächlich geliebt hatte oder nicht, zum Teil, weil er nie seine eigenen Gefühle ergründen mochte. Und zum Teil auch, weil Laura anwesend war, wenn auch nur in Form von Asche, und Carvalho neben anderen kulturellen Mustern den unerläßlichen Respekt gegenüber den Toten bewahrte.

Im Garten seines Hauses in Vallvidrera gräbt Carvalho ein kleines Loch. Als es fertig ist, schnauft er vor Anstrengung und betrachtet sein Werk. Eine feuchte Wunde in der schlafenden Erde. Dann das Aschengefäß, das auf dem Rasen steht. Er nimmt es, legt es in die Grube. Seine Augen betrachten erstaunt, was seine eigenen Hände machen, wie sie das, was von Laura übrig blieb, mit Erde bedecken. Ein Blitz des Aufruhrs stellt das Bild in Frage, und seine Hände lösen auf, was sie bisher taten. Sie graben die Erde ab, legen den Behälter frei, nehmen ihn und unterstützen die Bewegung des Körpers, der das Haus ansteuert. Sobald Carvalho drinnen ist, stellt er die Überreste auf ein verschrammtes Bücherregal, fährt sich mit den Händen übers Gesicht und beschmiert es mit Erde. Er geht ins Badezimmer, um sich Arme und Gesicht zu waschen. Als er zurückkehrt, kann er seine Augen nicht von der Urne lösen. Schließlich geht er auf sie zu, doch statt sie zu nehmen, greift er nach einem Buch in der Nähe, Geschichte des reaktionären Denkens in Spanien. Er zerlegt es und verwendet die Seiten und Deckel für den Aufbau des Kaminfeuers. Hypnotisiert von den Flammen reißt ihn die Klingel aus seiner Versunkenheit. Er will schon aufstehen, hält sich aber zurück, weil Charo im Türrahmen auftaucht.

»Wenn der Berg nicht zum Propheten kommt, muß der Prophet zum Berg gehen. Bist du entführt worden?«

Carvalho schüttelt den Kopf. Charo ist sauer und will das mit brüsken Gesten und einer rüpelhaften Körpersprache unterstreichen.

»Warum hast du angeläutet? Hast du die Schlüssel verloren?«

»Nein, aber ich wollte dich vorwarnen. Nicht, daß ich dich mit jemanden antreffe und dir einen Herzstillstand verursache.«

Carvalho lächelt, läßt sich in das Sofa sinken und gibt sich dem Schauspiel der Flammen hin. Charo hat sich den Mantel ausgezogen und prüft mit kritischem Blick das Wohnzimmer.

»Alles ist gleich. So wie vorher.«

»Wie vorher?«

»Bevor du verschwunden bist.«

»Ich bin vor vier Tagen verschwunden. In der Tat eine Ewigkeit.«

»Es ist keine Ewigkeit. Aber selbst Biscuter ist besorgt, ruft mich an und fragt, was mit dir los ist, daß du nicht im Büro vorbeikommst. Du lebst offensichtlich von Rücklagen. Wie heißt sie?«

»Wie heißt wer?«

»Sie. Wenn ein Mann zum melancholischen Stockfisch wird, steckt eine Frau dahinter. Wie heißt sie?«

»Laura.«

»Wenigstens kollaborierst du. Ist sie verheiratet?«

»Getrennt.«

»Hat sie Kinder?«

»Eines.«

»Dauert eure Geschichte schon lange?«

»Zehn Jahre.«

»Zehn Jahre! Ich beglückwünsche dich für deine Verstellungskunst. Du bist wirklich ein Typ mit allen ... männlichen Attributen. Und hast eine Leber, der selbst Salzsäure nichts ausmachen kann. Und wo wohnt diese Dame, kann man vielleicht erfahren, wo sie sich aufhält?«

Carvalho macht eine vage Handbewegung in Richtung Bücherregal.

»Dort.«

Verblüfft betrachtet Charo die Bücher, und es gelingt ihr nicht, das zu finden, was ihr Carvalho anzeigt. Schließlich nehmen ihre Augen die Urne wahr. Sie geht auf sie zu und nimmt sie.

»Was ist das?«

Carvalho ist erschrocken, springt vom Sofa auf und streckt einen Arm nach Charo aus.

»Bitte. Laß sie, wo sie war.«

Charo stellt sie mißtrauisch und verwirrt zurück. In ihrem Rücken ertönt Carvalhos Stimme.

»Da drinnen ist Laura. Das, was von Laura bleibt.«

Charo sitzt auf dem Boden vor dem brennenden Kamin, nur in einen alten Bademantel von Carvalho gehüllt, und er, hinter ihr, streichelt ihr Haar, während er spricht, und zwischen den Flammen scheint die Geschichte zu entstehen, die er erzählt.

»Vor zehn Jahren, kurz nachdem ich aus den Vereinigten Staaten zurückgekommen war, lebte ich in einem dieser neuen Viertel, wie sie in allen Städten für neue Pärchen geschaffen werden. Ein Viertel ohne Charakter oder gerade mit diesem Charakter. Brutstätte neuer Generationen. Junge Paare, Kinder, schwangere Mütter, neue Häuser, die schon bei ihrer Errichtung alt sind, Parkstraßen, in denen noch Baulücken waren, fast an der Stadtgrenze und darüber hinaus. Das sage ich dir, weil es wichtig ist, um die Anonymität zu begreifen, ein wichtiger Faktor für das Verständnis der ganzen Geschichte. Es gab entweder keine Verbindungen, oder neue, wenig tiefgehende. Ich hatte mich noch nicht entschlossen, in dem Beruf zu arbeiten. Ich schwankte zwischen der Möglichkeit, an meine Universitätsausbildung anzuknüpfen, oder mir die im CIA erworbenen Kenntnisse zunutze zu machen, um mich als Privatdetektiv niederzulassen. Ich hatte Zeit und nützte sie, indem ich durch das Viertel spazierte, vor allem durch jene alten Teile, die noch deutlich den Charakter der ehemaligen Stadtgrenze bewahrten, und bei einem dieser Spaziergänge lernte ich Laura kennen.«

Carvalho wartet, daß die Ampel umschaltet, und sieht auf dem gegenüberliegenden Gehsteig eine blonde und junge Mutter, die einen kleinen, den Entscheidungen seiner Mutter stoisch unterworfenen Jungen eher zieht als an der Hand führt. Sie ist eine begehrenswerte junge Mutter, von etwas nachlässigem Äußeren, so als wäre sie schon entschlossen, bald eine ehemalige junge Mutter zu sein, ganz dem Haushalt und der Routine des häuslichen Lebens gewidmet. Carvalho mustert sie von Kopf bis Fuß, als er an ihr vorbeigeht. Er betrachtet sie noch einmal, als er die Straße überquert hat, und trifft eine Entscheidung. Er kehrt um und folgt der Frau und dem Jungen. Sie sind am Zeitungskiosk stehengeblieben. Sie haben La Vanguardia gekauft, und sie blättert in den Klatschmagazinen, die ganz vorne aufliegen.

»Haben sich Richard Burton und Elizabeth Taylor wieder getrennt?«

Die Frau begreift zunächst nicht, daß die Frage an sie gerichtet ist, und warum. Verwirrung, Überraschung, und schließlich ein einnehmendes eigenes Lächeln.

»Immer dasselbe, nicht?«

Das Kind betrachtet mit feindseliger Neugier den Fremden, der sich an seine Mutter gewandt hat. Carvalho drückt ihm ein Kinderbuch in die Hand. Die Mutter versucht es zurückzuweisen, aber das Kind hat es schon mit beiden Händen an sich gerissen. Die nette Unterhaltung setzt sich jenseits des Kiosks fort, und unversehens befinden sich der

Mann und die Frau am Fuß einer Rutsche, auf die das Kind ein ums andere Mal klettert und hinuntersaust.

»Ich weiß schon, daß es blöde Zeitschriften sind. Aber womit soll ich mich denn ablenken?«

»Sie brauchen sich nicht zu entschuldigen. Ich lese sie auch bei Gelegenheit. Beim Barbier, zum Beispiel. Wissen Sie, daß man die Existenz eines heimlichen Sohns von Claudia Cardinale entdeckt hat?«

»Ich bin voll im Bild.«

»Wissen Sie, daß der geheime Vater von Sofía Loren gestorben ist?«

»Gibt es denn auch geheime Väter?«

»Mehr als geheime Mütter.«

Carvalho und die Frau scheinen sich wohl zu fühlen, doch plötzlich ruft sie den Jungen zu sich und gibt Eile vor. Erneut das Bild der Frau, die das Kind hinter sich herzerrt und hinter den Hecken des Parks verschwindet.

Charo verweilt in ihrer Haltung und drückt kräftig die Hand, die Carvalho auf ihre Schulter gelegt hat.

»Ich habe diese Geschichte nicht besonders ernst genommen, so dachte ich wenigstens. Aber jedes Mal, wenn ich auf die Straße ging, sah ich mich nach allen Seiten um, ob ich sie nicht noch einmal entdeckte. Endlich sah ich sie wieder, eines Nachmittags, wie immer mit dem Kind, das als Anhängsel neben seiner Mutter hüpfte. Es war ein zufälliges Treffen, das im Park endete, mit dem Jungen auf der Rutsche und uns beiden auf einer Bank.«

»Ich habe zwei Jahre vor dem Abitur aufgehört. Mir fehlte der Eifer. Und bei mir zu Hause waren sie auch nicht besonders dahinter. Ich war ein Mädchen und …«

»Sehr hübsch, übrigens.«

»Vielen Dank. Oder sollte ich Ihnen nicht danken?«

»Das überlasse ich Ihrer freien Entscheidung.«

»Gut. Zuhause dachten sie, ich würde heiraten, und das wäre mein Weg. Und nun ...«

»Was nun?«

»Jetzt möchte ich oft, ich weiß nicht, selbstbestimmter handeln können. Das Haus, das Kind, mein Mann, und was sonst? Ich habe eine Haushaltshilfe, der Junge ist schon fast den ganzen Tag im Kindergarten, ich habe zu tun, aber alles ist so eintönig, immer für andere.«

»Sie können wieder studieren. Es gibt Kurse für über fünfundzwanzigjährige, wobei sie wohl noch unter dieser Grenze liegen dürften ...«

Das Lachen der Frau überrascht Carvalho.

»Nein? Ich spreche jedenfalls zu Ihnen, so als wären Sie ein Mädchen, das sich eine Zukunft aufbaut. Wie ein Vater.«

»Sie wie ein Vater?«

»Wie ein Vater.«

Und Carvalho streichelt die Wange der Frau mit dem Handrücken, das Gesicht der Frau ist zuerst kurz zurückgewichen, nahm dann die Liebkosung hin, entzog sich schließlich brüsk und hat auf einen verlorenen Punkt im Park gestarrt, auf einen Punkt, der erneut in dem Jungen Gestalt annimmt und den dringlichen Aufbruch bewirkt, einen überstürzten Abschied von Carvalho, und einen Abgang mit dem Kind wie ein Spielzeugpferdchen im Schlepptau.

»Sie tauchte erst Tage später wieder auf, aber doch, und sagte mir unter anderem, daß sie sich in einen Kurs für über Fünfundzwanzigjährige eingeschrieben hatte. Sie hatte Geisteswissenschaften gewählt, und ich sagte ihr, sie könne meine Bücher benützen. Ich verbrannte damals noch keine Bücher, unter anderem, weil ich noch keinen Kamin hatte. Aber in meinem Angebot lag der Wunsch, daß sie zu mir nach Hause kam, sich meinem Spinnennetz näherte. Und sie kam. Mit dem Jungen natürlich. Ich schaltete für den Kleinen den Fernseher ein und er blieb ganz ernst davor sitzen, während er Schokobonbons lutschte, die ich ihm gegeben hatte. Sie und ich sahen uns die Bücher an. Vor dem Regal mit den *Clásicos Castellanos Ebro* gaben wir uns den ersten Kuß. Dann brachte ich sie in mein Zimmer und wir liebten uns bei verschlossener Tür. Als wir wieder hinauskamen, verstanden wir, warum das Kind so ruhig gewesen war. Es war vor dem Fernseher eingeschlafen. Die Geschichte hat sich wiederholt. Zehn, zwanzig, dreißig Mal? Sie kam, um sich Bücher zu holen, manchmal lernte sie sogar. Wir liebten uns, aber mit der Zeit bemerkte ich, daß sie sich fast mehr für meine Bibliothek als für die Liebe interessierte.«

»Mir scheint, meine Bücher interessieren dich mehr als meine Person.«

Laura küßt ihn auf den Mund.

»Es ist alles sehr wichtig, was du mir gegeben hast. Die Lust, Sachen zu machen. Selbstbewußtsein. Du bist mein Pygmalion.«

»Eines Tages befanden wir uns in einer erdenklich sittsamen Situation, der Junge schnitt Papierschnitzel aus, sie studierte und ich spielte Fußball mit Knöpfen.«

»Womit?«

»Ja, Charo, mit Knöpfen. Ich habe noch mehrere komplette Ausrüstungen aufbewahrt. Nun gut, wir waren jeweils in unsere Dinge vertieft, als jemand an der Tür läutete. Ich ging hin, und da stand ein Mann mit dem Gesicht eines Ehemanns in Begleitung eines weiteren Señor. Sie schubsten mich zur Seite und kamen herein. Der Ehemann spazierte durch das Haus, so als wollte er es kaufen. Als er das Wohnzimmer betrat, rief der Junge »Papa« und lief auf ihn zu. Laura war außer sich, und ich beschränkte mich darauf zu sagen:

»Man hat uns nicht bekanntgemacht.«

»Es hat Ihnen noch nicht die Sprache verschlagen? Bricht Ihnen nicht die Zunge auseinander nach all dem, was Sie dieser Familie angetan haben?«

»Ich bin Profi und beschränke mich darauf, festzuhalten was ich hier gesehen habe.«

»Und Sie sind der Ehemann, klar. Das wußte ich schon vom ersten Moment an, als ich Sie sah. Sie sehen aus wie ein Haustier, so wie alle Ehemänner.«

Er wollte mir an den Kragen, aber ich hielt ihn mit einem Schlag auf den Arm zurück. Eine kleine Warnung. Er richtete seine Gewalt gegen sie, vor dem heulenden Kind. Laura reagierte mit großer Würde. Sie nahm ihren Sohn und ging fort, ohne jemanden anzusehen. Wir drei Männer blieben zurück, jeder mit seiner Maske. Ich lächelte, der Ehemann betrachtete mich mit dem ganzen haßerfüllten Muskelspiel, zu dem er fähig war, und der Detektiv machte Aufzeichnungen in einem Notizblock. Tage später hatten Laura und ich ein Treffen der Klärung und des Abschieds. Sie sagte mir, ich hätte ihr geholfen festzustellen, daß ihr Leben kein Leben war. Sie wollte mit dem Jungen selbständig leben, arbeiten und studieren. Ich erhob, aber lustlos, den einen oder anderen persönlichen Einwand. In Wahrheit war das Abenteuer abgeschlossen. Das Tier war erjagt, und eine pseudo-eheliche Beziehung reizte mich nicht. Laura hat es verstanden. Ich sah sie vier Jahre später wieder, als sie das Studium schon fast abgeschlossen hatte und in einem Verlag arbeitete. Es war ein Treffen beim Auto. Ein paar Informationen, ein paar Vermutungen. Der Junge lebte bei ihr. Wie hätte es anders sein können? Danach weitere Jahre des Schweigens, bis ich in der Zeitung las, daß sie ermordet in ihrer Wohnung aufgefunden worden war, und dann die testamentarische Verfügung, die sie Tage vor ihrem Tod aufgesetzt hatte, und in der sie mir ihre Asche und diese Notiz vermachte.

Charo erhält die Notiz und liest sie.

»Danke für das Feuer. Danke für alles.«

Den Satz hatte ihr zweifellos Carvalho selber beschert. In jenen Jahren fühlte er sich noch einem alten, kulturellen Sediment verpflichtet, und in einem Augenblick der intellektuellen Verführung Lauras hatte er wohl den Mythos von Prometheus verwendet. Es war nicht das erste Mal, daß er ihn in einem Versuch der kulturellen Verführung benützte, und auch nicht das letzte. Prometheus raubte den Göttern das Feuer, um es den Menschen zu geben. Oder war es die Sprache. Oder war es die Weisheit. Jedenfalls raubte er ihnen etwas, das ihnen dazu diente, die Hegemonie und die Übermacht zu bewahren, und von da an waren die Menschen den Göttern ebenbürtig.

»Du hast mir Selbstvertrauen gegeben. Wenn du wüßtest, wie unnütz ich mir vorkam. Wie abhängig ich davon war, was die anderen über mein Leben verfügten. Mein Ehemann. Mein Vater. Meine Mutter. Jeder schien mir geeigneter als ich zu sein, um zu wissen, was mir gut tat.«

Manchmal überraschte Carvalho sich selbst in der Rolle des gebildeten Bibliothekars, der mit einer begierigen und nackten Leserin Bücher austauscht.

»Lies nicht so viel. So viel lesen tut nicht gut.«

»Es ist wunderbar. Jedes Buch ist wie ein Fenster, das sich zu einer neuen Landschaft, zu einer neuen Welt hin öffnet.«

So viel Lektüre hatte aus Laura eine Pedantin gemacht, die Carvalho auf die Nerven gehen konnte, auch wenn er versuchte, es zu verbergen, um nicht das Vertrauensklima zu gefährden, das sie brauchte, um mit ihm ins Bett zu gehen und die Bücherbeziehungen zu sexualisieren. Carvalho gewann jedoch zunehmend den Eindruck, daß Laura mit ihm schlief als Belohnung für eine wichtige geistige Befreiung, und ihre Beziehung zu vergeistigen versuchte indem sie die Augenblicke des Sex zugunsten der Zeit verkürzte, in der sie ihm ihre Fortschritte im Wissenserwerb bewies. Wann hatte er begonnen, ihrer müde zu werden? Vielleicht an jenem Nachmittag, als sie ihm, während er ihre Bluse aufknöpfte, einen Absatz aus der *Einführung in die politische Ökonomie* von Karl Marx zitierte. Nun unternimmt Carvalho einen sentimentalen Streifzug durch das Viertel, in dem er Laura begegnet war. Alles ist fast gleich geblieben. Neue junge Mütter mit Kindern. Eine junge Mutter mit einem Jungen, die sich dem Kiosk nähert, Zeitschriften durchblättert, aufsieht, und ihr Blick kreuzt sich mit dem Carvalhos. Ein einsamer Carvalho spaziert durch den Park und erinnert sich neben der Rutsche, auf die gleiche Bank gesetzt. Später im Büro überdenkt er noch einmal alles in Gesellschaft eines Biscuter, der glaubt, zu Carvalho zu sprechen, in Wahrheit aber nur für sich allein redet.

»Mögen Sie Schweinshaxen mit Rettich, Chef? Es ist schwarzer Rettich aus der Cerdanya, das allerbeste, um Schweinshaxen zuzubereiten. Auf der Boquería gab es welchen, aber fragen Sie nicht, zu welchem Preis, denn wenn sie mich das fragen, weiß ich nicht, was ich Ihnen antworten werde, Chef. Und daran zu denken, daß wir im Dorf die Rettiche wegwarfen, Chef.«

Carvalho liest noch eimal die Zeitungsnotizen über den Mord an Laura Buscató.

MORD AN DER GYMNASIALLEHRERIN
Ein Verdächtiger wurde festgenommen,
sein Name nicht bekanntgegeben.

»Chef! Chef!«

Angesichts der aufgeregten Rufe Biscuters taucht Carvalho aus seiner Versunkenheit auf. Eine junge Frau, die von einem Rockfestival zu kommen scheint, hat das Büro betreten; Schlapphut, Weste, lange, aber doch zu kurze Hosen, Sandalen trotz Herbst, eine weiße, reich bestickte Bluse, bestens geeignet für ein mexikanisches Fest, und der unvermeidliche Seesack, der für immer eine Schulter krümmt.

»Störe ich?«

»Das weiß ich noch nicht. Bis jetzt haben Sie nichts getan, was mich stören könnte.«

»Sehr freundlich.«

Carvalho mustert sie von oben bis unten.

»Kommen Sie von einem Miss-Rock-Bewerb?«

»Der Schein trügt. Ich bin Latein- und Griechischlehrerin an einem Gymnasium.«

»Sagen Sie mir etwas auf Latein, damit ich es glaube.«

»*Gallia est omnia divisa in partes tres.* Überzeugt?«

»Woher ist das?«

»Aus einem Michelin-Führer.«

»Wenn Sie es sagen.«

»Kann ich mich setzen?«

Carvalho bietet ihr den Stuhl an, als wäre es etwas

Selbstverständliches. Die Frau prüft aufmerksam sämtliche Details des Raums.

»Nein, so was, es stimmt also.«

»Was stimmt?«

»Daß die Büros der Privatdetektive so sind.«

»Ich mag es nicht, daß Verallgemeinerungen auf Kosten meines Büros angestellt werden.«

»Also gut. Das Rätsel besteht weiterhin. Ahmt die Kunst die Realität nach, oder die Realität die Kunst?«

»Seit das Kino existiert, besteht nicht der geringste Zweifel, die Realität imitiert die Kunst.«

»Was für ein scharfsinniger Gedanke für einen Privatdetektiv.«

»Sehen Sie sich einmal in der Vereinigung der Privatdetektive um, dort werden Sie sogar auf Philosophen stoßen, die ihre Doktorarbeit über Hegel machten. Worüber schrieben Sie Ihre Dissertation?«

»Über die Beziehung Euripides' zu den Frauen.«

»Gute?«

»Schlechte. Die Legende sagt, daß ihn die Frauen töteten, weil er misogyn war.«

Sie ist nicht sicher, ob Carvalho sie verstanden hat.

»Misogyn will heißen, daß er die Frauen haßt.«

»Das wußte ich schon, bevor Sie auf die Welt kamen. Als ich auf die Universität ging, war ihre Mutter noch Jungfrau.«

»Wagen sie nicht, Behauptungen über die Tugend meiner Mutter aufzustellen. Ich kenne sie besser.«

»Na und?«

»Bestens. Nach diesem Eingewöhnungsdialog kommen wir wieder zur Stunde der Wahrheit. Ich komme wegen dem Fall Laura. Wir waren Kolleginnen am Gymnasium, und ich bin sehr beunruhigt darüber, welche Richtung die Ereignisse nehmen. Vor allem seit der Verhaftung von Jacinto, den die Presse als ›mutmaßlichen Täter‹ bezeichnet. Er ist ein Exschüler von Laura, und in gewisser Weise auch von mir. Ein Junge, der auf dem Gymnasium sein Abitur machte, schon etwas älter, der typische Sitzenbleiber. Dank Laura bemühte er sich, denn sie faßte es als eine persönliche Sache auf, und sie hatten eine gewisse persönliche Beziehung.«

»Sie waren Geliebte?«

»Geliebte gewesen.«

Die Prüfung Carvalhos durch die junge Frau setzt sich fort.

»Sind Sie empört?«

»Wie Sie wollen. Wenn ich verpflichtet bin, mich zu empören, dann empöre ich mich.«

»Laura empfand eine große Zärtlichkeit für Jacinto, den klassischen Jungen ohne familiäre Zuwendung. Sie borgte ihm Bücher. Sie gab ihm Privatstunden. Später hörte die Sache auf, aber die Polizei hat ein paar Laura gewidmete Gedichte Jacintos gefunden, sehr sadomasochistisch, Haß-Liebe, Besitz-Tod, sehr literarisch, aber in Händen eines Polizisten können sogar die Gedichte von Rabindranath Tagore verdächtig sein.«

»Ich habe mit Ihnen ein sehr geistreiches Gespräch geführt, doch glaube ich nicht, daß Sie hierhergekommen sind, um über Poesie zu sprechen.«

»Ich möchte, daß Sie den Fall übernehmen. Sehen Sie, ich bitte Sie nicht, den Mörder zu finden, obwohl es mich nicht stören würde. Ich bitte Sie, Beweise für die Unschuld Jacintos zu finden.«

»Warum wenden Sie sich an mich?«

»Weil Laura von Ihnen gesprochen hat. Sie sagte, sie wären ihr Pygmalion gewesen. Sie erzählte mir Ihre Geschichte, und ich sagte ihr: Nein, mehr als Pygmalion ist Señor Carvalho ein Prometheus gewesen. Er hat den Göttern das Feuer geraubt, um es dir zu geben. Das Feuer der Kultur, den Impuls der Emanzipation.«

Carvalho senkt die Augen, lächelt traurig.

»Ich holte sie aus ihrem Haustierkäfig und setzte sie der Brutalität und dem Tod aus.«

Im Gesicht der Frau zeigt sich Erstaunen.

»Als Sie Laura kennenlernten, war sie wie eine Pflanze. Sie machten aus ihr eine Frau, die selbständig leben konnte. Das soll schlecht sein?«

»Nicht unbedingt schlecht, aber fallweise zwecklos.«

»Laura hatte Sie glorifiziert. Sie sind nicht auf der Höhe dieses Mythos.«

»Ich habe nichts dagegen, hin und wieder gegeißelt zu werden, aber gegen Bezahlung. Wenn ich den Auftrag annehme, dann nur gegen Bezahlung.«

Das Blinzeln der Frau gibt Carvalho Zeit, seine Selbstsicherheit wiederzugewinnen.

»Erwarteten Sie, daß ich es gratis mache?«

»Natürlich nicht.«

»Natürlich schon. Sie gehören zu denen, die zu befreundeten Psychiatern gehen, um Prozente zu bekommen.«

»Wie kommen Sie darauf, daß ich zum Psychiater gehe?«

»Schon als Sie bei der Tür hereinkamen, sagte ich mir: Pepe, dieses Mädchen ist ein gefundenes Fressen für Psychiater.«

Die Frau steht auf, dreht sich um und geht zur Tür.

»Leck mich doch am Arsch, Süßer.«

Carvalho wartet, bis ihre Finger den Türgriff berühren.

»Ich nehme den Fall an und mache Ihnen einen guten Preis.«

Ihr zurückgewendetes Gesicht spiegelt Befriedigung und das Aufkeimen einer gefühlsmäßigen Verbundenheit, die Carvalho mit wie Fußtritte kalkulierten Worten verhindert.

»Sie machen nicht den Eindruck, besonders flüssig zu sein. Mir ist lieber, wenig zu kassieren, aber wenigstens etwas.«

»Meine Kollegen vom Gymnasium übernehmen die Kosten.«

Die falsche Hippie hat die Tür zu Lauras Wohnung aufgemacht, als wäre es die einer geheiligten Krypta, und bemüht sich, leise aufzutreten, mit Tritten wie in einer stillen Kathedrale, als sie einem Carvalho den Weg bahnt, der ausgehend von den Gegenständen, die sein Blick auswählt, ein Frauenbild rekonstruiert. Eine Collage-Dekoration und ideologisch. Oder vielleicht eine Dekoration, die eine Ideologie der Collage verrät. Unvermeidliche Posters über aufgeschobene Revolutionen und aufkommende Bewegungen, Che und ein pinkelndes Mädchen in einem Pissoir zwischen zwei Alten, die es wie eine Mutante betrachten. Stücke volkstümlicher Keramik, Spuren präkapitalistischer Kulturen, die Laura als visuellen Ausgleich zu einer Geschirrspülmaschine zu setzen wußte, die fast zur Gänze eine kleine Küche einnimmt, die nach dem Maß eines Spiegeleis gemacht ist. Und Bücher über Bücher. Von jedem seiner Rücken geht eine Weisung oder ein Autodafé über die alte progressistische Modernität aus. Kein Buch, das versucht hätte, die Siebzigerjahre zu erfassen, fehlt in Lauras Bücherregalen. Der fast gänzliche Verzicht auf Möbel zeigt Lauras Bedürfnis, dem herkömmlichen Einrichtungsstil des Bürgertums zu entkommen; Statt

Sofas und Fauteuils große Kissen, nur ein Schrank und der eingebaut, wobei ein Dutzend Kleiderhaken an einer Metallstange die Schlichtheit einer ausreichenden aber bescheidenen Garderobe zeigen. Im Badezimmer schließt Carvalho die Augen, damit die Fülle an Cremen und Seifen nicht seinem Bild einer asketischen und konsequenten Laura widersprechen konnte, das sie selber unbedingt der Nachwelt vermitteln wollte. Ich schaue so, wie du gewollt hättest, daß ich schaue, flüstert Carvalho und kümmert sich nicht um seine Begleiterin, die einen Kommentar erwartet, nicht so sehr eine nachforschende Frage, sondern ein Urteil über das Heiligtum. Carvalho jedoch fährt unerbittlich in seiner visuellen Bestandsaufnahme fort. Er faßt für sich zusammen: Bücher überall, große Kissen statt Sofas, eine kleine Küche, ein Badezimmer mit Posters und Pflanzen, ein einziges, riesiges Bett, fast am Boden.

»Und das Zimmer des Jungen?«

»Welches Jungen?«

»Von Lauras Sohn.«

»Ihr Mann hat ihn ihr vor Jahren weggenommen. Nun ist er schon volljährig und besuchte seine Mutter häufig.«

»Dem Zeitungsbericht zufolge erhielt Laura mit einem schweren Gegenstand mehrere Schläge auf den Kopf.«

»Mit einem Marmormörser, der dort auf dem Regal stand. Die Polizei hat ihn als Beweisstück konfisziert.«

»Sie starb im Morgengrauen.«

»Laut Gerichtsmediziner zwischen vier und halb fünf Uhr morgens.«

»Das Schloß der Eingangstür zeigte keine Spuren von Gewalteinwirkung, das heißt, es hat sie jemand umgebracht, der um vier Uhr früh bei ihr war. Hatte sie eine beständige Beziehung?«

»Kennen Sie irgendeine beständige Beziehung?«

»Kommen Sie mir nicht mit Feinheiten. Sie haben schon verstanden. Hatte sie einen festen Liebhaber?«

»Seien Sie doch nicht machistisch. Warum ein Liebhaber, warum nicht eine Liebhaberin?«

Ihre Blicke halten einander stand.

»Wollen Sie andeuten, daß Laura den Rubikon überschritten hat und lesbisch geworden war?«

»Laura hatte keine sexuellen Vorurteile.«

»Das finde ich sehr gut. War es öffentlich bekannt?«

»Nein.«

»Warum nicht?«

»Weil Laura ihre Intimität nicht in alle Winde hinausposaunte.«

»Ich möchte eine komplette Liste über ihre Beziehungen, die Orte, wo sie sich normalerweise aufhielt, ihre Gewohnheiten, Sie verstehen schon. Ich möchte ihren Spuren folgen. Was sie an einem gewöhnlichen Tag machte, was an einem Feiertag. Wer kam in diese Wohnung?«

»Über die Besuche befragen Sie am besten Doña Atareada, Frau Wichtig.«

»Wer ist Doña Atareada?«

»Die Nachbarin von gegenüber. Die klassische unterdrückte Verheiratete, die sich brennend für fremde Laster interessiert. Jedesmal wenn sie Laura im Treppenhaus begegnete, lenkte sie das Gespräch in die richtigen Bahnen, um ihr mitzuteilen, daß sie auf dem Laufenden war, über alles Bescheid wußte.«

Carvalho hat einen Block karierten Papiers neben dem Telefon aufgehoben. Er reißt ein Blatt ab und hält es ihr hin.

»Schreiben Sie hier Ihren Namen und Ihre Adresse auf und stören Sie mich nicht weiter.«

»Sie wollen, daß ich Sie allein lasse? Hier?«

»Genau das will ich sagen.«

Sie zuckt mit den Schultern und schreibt auf, worum Carvalho sie gebeten hat, oder vielleicht schreibt sie es zuerst auf und zuckt nachher mit den Schultern. Das Zuknallen der Tür bringt die unterdrückte Empörung von Luisa Gálvez zum Ausdruck, der Name, der auf dem Zettel steht, den Carvalho zwischen den Fingern, Helfer des intimen Rhythmus des Blicks, dreht und wendet, der die Bestandsaufnahme von Lauras Dingen abschließen will, so als erwartete er von der Erfassung der Gegenstände die endgültige Enthüllung des Rätsels. Oder vielleicht versuche ich bloß, indem ich mich ihrer Gegenstände visuell bemächtige, die vielen Jahre der Distanz auszugleichen, mich Lauras Geist zu bemächtigen, der mir schon nicht mehr gehört. Was für ein Recht habe ich, ihre Alibis lächerlich zu machen? Lustlos reißt er ein Buch aus der perfekten Zahnreihe eines Regals und blättert darin. So etwas wie Zärtlichkeit macht sich auf Carvalhos Gesicht breit, als er trockene Rosenblätter zwischen den Seiten von *Der Kapitalismus der Verschwendung* von Adolf Koszlik oder Bilder von der Erstkommunion von Lauras Sohn als Lesezeichen in *Das globale Dorf* von Marshall McLuhan findet. Und er unterbricht sich, überwältigt von einem archaischen Gefühl der Sünde. Angewidert von dem lustlosen Voyeur, den er in sich hat. In diesem Fall, mehr von der Lustlosigkeit als vom Voyeur.

Über der Eingangstür der gegenüberliegenden Wohnung ein Schild: LLORENÇ VILA. FUSSPFLEGER. Carvalho drückt auf die Klingel und fast augenblicklich erscheint eine lächelnde, platingefärbte Blondine, füllig mit geröteten Wangen und, mit einem vom übermäßigen Lächeln verzerrten Mund.

»Verzeihen Sie, ich bin ein Verwandter von Laura, ihrer Nachbarin, von Laura, sie ruhe in Frieden, und wollte mich im Namen der Familie für die Belästigungen entschuldigen, die Ihnen zweifellos in den letzten Tagen erwachsen sind.«

»Ach, das waren doch keine Belästigungen ..., es war mir ein Vergnügen. Nun gut, Vergnügen nicht, arme Laura ..., verstehen Sie mich nicht falsch, wir waren sehr befreundet, wirklich sehr.«

»Das weiß ich, deshalb fand ich es angebracht ...«

»Kommen Sie doch herein.«

»Ich will Ihren Mann nicht stören, vielleicht hat er gerade einen Kunden.«

»Ach nein, mein Mann behandelt seine Kunden nicht hier. Das Schild haben wir angebracht, falls irgendein Nachbar Interesse hätte ...«

Die Tür öffnet sich zu einer Wohnung, die nach den Vorbildern holländischer Märchen ausgestattet ist.

»Sie haben ein sehr behagliches Heim.«

»Gefällt es Ihnen? Ich habe es selber gestaltet, mit Hilfe von Einrichtungsmagazinen natürlich. Eine nette, aber kleine Wohnung. Wir haben keine Kinder.«

»Sie sind noch sehr jung. Frisch verheiratet?«

»Frisch vereiratet? Oh nein. Sie sind wirklich charmant. Wir sind schon seit fünfzehn Jahren verheiratet.«

»Sie hatten Glück, Ihre Ehe ist dauerhaft, meine arme Cousine Laura hingegen ...«

»Ach ja, die Ärmste. Oft, wenn mein Mann irgendeine Bemerkung fallen ließ, ohne böse Absicht, eine Bemerkung eben, Sie wissen doch wie die Männer sind, uns Frauen bezeichnen sie als Klatschbasen, dabei sind sie die Klatschmäuler. Ihr Männer seid die Klatschmäuler. Hi, hi, hi. Also mein Mann sagte das oder jenes, und ich erwiderte: laß sie doch. Sie ist sehr allein und noch eine junge Frau. Laß sie ihr Leben leben. Dieses… wie heißt das, vom Leben und daß sie leben?…«

»Leben und leben lassen.«

»Es gab fast nie Lärm. Nur in der Zeit jenes Grünschnabels, dieses Jungen, den sie jetzt verhaftet haben. Eines Nachts warf ihn Laura hinaus, und er setzte sich auf die Stufen, begann zu heulen und sie zu beschimpfen, und das stundenlang. Am Ende ging mein Mann hinaus, um ihn zurechtzuweisen, und dieser Grünschnabel wurde frech. Mein Mann ist ein herzensguter Mensch, aber wenn er in Wut gerät, nun gut. Er verabreichte ihm, was er verdiente, Laura kam hinzu, stritt sich mit meinem Mann, sammelte den Burschen auf und nahm ihn wieder mit in die Wohnung. Zu gutmütig. Das war ihr anzusehen.«

»Bekam sie viel Besuch?«

»Männer?«

»Männer und Frauen.«

»Männer, habe ich Ihnen schon erzählt, vier oder fünf, aber glauben Sie bloß nicht, daß ich den ganzen Tag herumspioniere. Diese Wohnungen sind so klein. Man hört alles. Der mit der Flötenstimme, Josep hieß er, glaube ich. Der sich immer räusperte, Mario. Einer mit ausländischem Akzent, an dessen Namen ich mich nicht erinnere. Dann einer, den ich Pilatus nannte … hi, hi, hi … weil er sich ständig die Hände rieb.«

»Frauen?«

»Kolleginnen von der Schule, nehme ich an.«

Die Blondine hat nicht das geringste Interesse für Frauen.

»Vielleicht hatte sie irgendeine engere Freundin, mit der ich sprechen könnte. Ich lebe nicht in Barcelona und würde gern die Gelegenheit nützen.«

»Da war die *Mähne*, die heute mit Ihnen hergekommen ist. Ich habe Sie die Treppe heraufkommen sehen.«

»Die *Mähne* ... gut. Wer sonst noch?«

»Ich weiß nicht. Wenn ich ehrlich sein soll, achtete ich nicht auf die Frauen ... Ach, was habe ich da gesagt ... Was werden Sie von mir denken?«

»Das Beste. Ich hätte auch nicht auf die Männer geachtet.«

»Das ist doch wahr, oder? Und sehen Sie, die Polizei hakte auch beim Thema Frauen nach. Ich glaube, eine so brutale Tat kann nur ein Mann verüben. Es heißt, alles war mit Blut und Hirn bespritzt ... igittigitt ..., ich bekomme Gänsehaut, wenn ich nur daran denke.«

»Können Sie sich an gar keine Frau erinnern, die öfter herkam. Abgesehen von der *Mähne* natürlich.«

»Die *Kermeseiche*.«

»Sie haben ein großes Talent für Spitznamen. Warum *Kermeseiche*?«

»Weil sie so war. Klein, kräftig, nicht dick, nein, sondern gedrungen, wissen Sie? Die kam oft, vor allem in letzter Zeit. Aber ich kenne ihren Namen nicht.«

»Schade, daß ich nur zu Besuch bin, denn ich habe Beschwerden an den Füßen, und Ihr Mann hätte einen Blick auf sie werfen können.«

»Ich verstehe auch etwas davon. Etwas bleibt hängen. Soll ich sie mir ansehen?«

Es liegt eine lüsterne Verheißung in den wimperngetuschten Augen der Blondine, auf die Carvalho mit einem schüchternen Lächeln antwortet und dann seine Füße entblößt.

Carvalho verbrachte den folgenden Vormittag damit, das gemischte Gymnasium, in dem Laura unterrichtet hatte, zu durchforsten, mit Schülern und Lehrer zu sprechen. Die *Mähne* öffnete ihm sämtliche Türen und Gesinnungen der Leute, und Carvalho saugte wie ein Schwamm Bruchstücke von Gesprächen auf, zerborstene Bilder, die ihn eine ihm unbekannte Laura zusammenstellen ließen, die Laura, der er geholfen hatte zu sein. Und mit der *Mähne* aß er in einem Fast Food-Restaurant in der Nähe der Schule, in dem Laura zu essen pflegte.

»Ist das Menü jeden Tag so?«

»Gut, schlecht?«

»Weder gut noch schlecht.«

»Es ist günstig.«

»Es lassen sich zweitausenddreihundert günstige Menüs herstellen, ohne gegen die Menschenrechte zu verstoßen.«

Eine pummelige, abgearbeitete Kellnerin knallt ihnen die Teller mit Linseneintopf auf den Tisch und enfernt sich mit abgrundtiefen Seufzern.

»Kannten Sie die *Kermeseiche*?«

»Wer ist die *Kermeseiche*?«

»Eine häufige Besucherin in Lauras Wohnung. Klein, kräftig, gedrungen, so wurde sie mir beschrieben.«

»Nein.«

Ehrliches Erstaunen liegt auf dem Gesicht der *Mähne* und gleichzeitig ein gewisser Ärger, nicht so sehr über alles Bescheid zu wissen, wie sie gerne wollte. Ihr Gesichtsausdruck ändert sich, weil im Rücken von Carvalho etwas geschieht, das ihre Aufmerksamkeit auf sich zieht. Carvalho dreht sich um und sieht in der Tür der Gaststätte eine Frau, die ihnen Zeichen macht. Die *Mähne* steht auf und geht auf sie zu. Sie tuscheln, und die *Mähne* kann ihren Jubel nicht unterdrücken, läuft zu dem Tisch, an dem Carvalho noch sitzt und ruft aus:

»Sie haben Jacinto freigelassen! Ohne Auflagen! Folgen Sie mir!«

Eine Rallye zurück zum Lehrerzimmer des Gymnasiums. Man kneift sich vor Freude und jemand verkündet die glückliche Initiative: Der Freigelassene ist in Carvalhos Büro gebracht worden. Groß, fast so dünn wie ein Strich, mit Ringen unter den Augen, nach Gefängnis riechender Kleidung und spärlichem Dreitagebart sucht Jacinto nach einer möglichen Bequemlichkeit in dem Stuhl genau gegenüber von Carvalho. Von einem anderen Stuhl aus betrachtet ihn die *Mähne*, so als wäre er eine prächtige Erscheinung.

»Ich wette, daß Sie in den drei Tagen keinen Bissen gegessen haben.«

»Sie würden die Wette gewinnen.«

»Das kann ich nicht mitansehen. Biscuter!«

Biscuter erscheint in der Verbindungstür zur Küche.

»Zu Diensten, Chef.«

»Stellen Sie mir ein Menü zusammen für einen großen und dünnen Burschen, der soeben aus dem Knast kommt.«

»Etwas Warmes und Flüssiges zu Beginn, Chef. Von dort kommt man mit einem total kaputten Magen heraus. Was halten Sie von einer Suppe mit Reis, gebratenem Knoblauch und einem Eidotter, und danach eine milde, gespickte Kalbsnuß, die mir von gestern übriggeblieben ist?«

»Haben Sie darauf Appetit?«

Der Junge verzieht das Gesicht und sieht Biscuter mißtrauisch an.

»Haben Sie nicht etwas Einfacheres? Ein Hamburger?«

»Sie haben es mit dem besten Koch dieses Hauses zu tun. Ich esse, was er zubereitet, und habe einen exquisiten Gaumen.«

»Gut. Aber wenig von allem.«

»Wäre es nicht besser gewesen, wenn sie zunächst bei sich zu Hause vorbeigesehen hätten?«

»Ich habe kein Zuhause. Mein Vater hat mir auf dem Kommissariat eine Szene gemacht. Er versuchte mich zu ohrfeigen. Es gelang ihm. Es wird für ihn eine Überraschung sein zu erfahren, daß ich Laura nicht umgebracht habe.«

»Schildern Sie mir alles, was auf dem Kommissariat passierte.«

Der Junge beginnt seinen Bericht, bald begleitet von Essensgeräuschen und bewundernden, an Biscuter gerichteten Blicken, der so tut, als wäre er gar nicht gemeint, aber von dem immer gieriger schlingenden Burschen kein Auge läßt.

»Das heißt, du gibst ihnen ein Alibi, sie überprüfen es, und trotzdem halten sie dich fest.«

»Sie verfolgten andere Fährten. Nach dem, was ich hören konnte. Zuerst waren sie sehr hart zu mir, weil sie hofften, mich zum Singen zuu bringen, aber dann überzeugten sie sich wohl davon, daß ich es nicht gewesen bin. Danach kam es zu einer jähen Wende, und als ich hörte, daß einer von ihnen sagte: Das ist eine Sache zwischen Lesben, machte ich einen Skandal, der mich fast teuer zu stehen gekommen wäre. Laura war keine Lesbe.«

»Was ist daran schlecht, Lesbe zu sein?«, hat die *Mähne* argwöhnisch eingeworfen.

»Gar nichts. Aber Laura war keine Lesbe.«

»Kanntest du alle Bekanntschaften von Laura?«

»Nein. In letzter Zeit sahen wir uns fast nie. Das hatte sie mir auferlegt. Sie sagte: Ich habe dir geholfen, an dich zu glauben, dir selbst zu beweisen, daß du eine Person voller Möglichkeiten bist, aber nun kann ich dich nicht mehr unter meinen Fittichen behalten. Später sagte die Polizei auch, es hätten politische Motive sein können.«

»Politische Motive? Laura ein politisches Opfer?«

Nun war die *Mähne* völlig erstaunt.

»Laura hatte ein Parteibuch. Ich weiß nicht genau, welches, aber von einer dieser Parteien, die ein Wahnsinn sind, linker als alle anderen.«

»Wußtest du das?«

»Nein. Aber es wundert mich nicht. Laura setzte auf Dinge, auf die sonst niemand setzte.«

Der Junge lächelte traurig.

»Bin ich nicht selber ein Beweis dafür?«

Señor Buscató ist für niemanden zu sprechen. Das war die letzte Auskunft der Sekretärin von *Industrias Buscató Hermanos,* nachdem sie sich durch die telefonische Hartnäckigkeit Carvalhos mit dem Rücken zur Wand befand.

»Innerhalb der nächsten vierundzwanzig Stunden muß ich meinem Klienten die Schlußfolgerungen über den Mord an Laura Buscató abliefern. Ich möchte Señor Buscató vorher sehen, er soll schließlich nicht meine Schlüsse über die Presse erfahren.«

»Geben Sie mir Ihre Telefonnummer.«

»Nichts anderes tue ich seit vierundzwanzig Stunden.«

Kaum zwei vergehen, bis Señor Buscató anruft, als Carvalho gerade eine Sauce Hollandaise in einer kleinen Kupferpfanne anrührte. Zwischen der Hollandaise und dem Telefon, das ihm den Termin bringen könnte, wählte Carvalho das Telefon. Die Sekretärin sprach mit ihm wie mit einem Minister, der eine Audienz mit dem Regierungschef erreicht hat. Auf Carvalho übertrug sich dieser hochtrabende Tonfall, bis er den Hörer auflegte und Zeit zu Selbstkritik fand. Allerdings nicht lange. Er lief zum Herd, aber die Sauce Hollandaise hatte sich schon in einen schmierigen Sägemehlbrei vewandelt. Sie ist die empfindlichste und heikelste aller Saucen. Jede andere hätte Carvalho ohne Gewissensbisse gegessen, aber er wagte es nicht, die Ehre dieser steifen Sauce zu verletzen und zog es vor, sie respektvoll im Abfalleimer zu begraben. Er zog die Schürze aus und bereitete sich auf das Treffen vor. Das Haus der Buscató lag am Fuß des Tibidabo, im Viertel von Pedralbes, einem gewaltigen neogotischen Nebenprodukt, das nach und nach durch die Patina der Steine und dem Wuchern luxuriösen Efeus architektonische Würde erreicht hatte. Eine Hausangestellte in schwarzem Satin führt ihn in einen im Stil eines Einrichtungskatalogs der Dreißigerjahre ausgestatteten Salon. Er hat keine Zeit, Abstand vom Ambiente zu gewinnen, denn Lauras Vater nähert sich durch den im Halbdunkel liegenden Salon voller alter Möbel mit bedächtigen und leisen Schritten. Er kommt auf Carvalho zu, der beim Eintreten des Alten aufgestanden ist. Es liegt kein Funken von Wohlwollen in den Augen des Alten, als er sagt:

»Ich weiß nicht genau, warum ich mich auf dieses Treffen eingelassen habe, aber etwas sagt mir, daß meine Tochter, wo auch immer sie sein mag, es mir danken wird. Sie sagten, sie wollten meinen Enkel sehen. Geben sie mir ihr Ehrenwort, den Jungen mit Respekt und Würde zu behandeln.«

»Es gibt keine andere Art, mit Jungen umzugehen.«

Der Alte dreht sich um und verschwindet dorthin, woher er gekommen ist. Ein Schweigen, so schwer wie die Möbel und Vorhänge, zieht die Wartezeit in die Länge; Endlich öffnet sich die Tür, und der Sohn Lauras betritt den Raum. Ein unnatürlicher Ernst liegt in seinen Gesichtszügen, und auch Carvalho ist ernst und irgendwie innerlich gerührt.

»Mein Name ist Pepe Carvalho, ich bin Privatdetektiv, lernte dich kennen, als du noch ein Kind warst und ...«

»Ich erinnere mich sehr gut.«

»Du kannst dich an mich erinnern? Erstaunlich. Du warst damals fünf oder sechs Jahre alt.«

»Man sagt, daß Kinder alles wahrnehmen. Ich habe ein gutes Gedächtnis.«

»Gut. Ich untersuche den Fall deiner Mutter. Es bringt nichts, mit deinem Vater zu sprechen, außerdem hatte er keinen Kontakt mehr zu deiner Mutter.«

»Manchmal rief er sie an, um sie zu beschimpfen, natürlich.«

»Du hattest noch Beziehung zu ihr und kannst mir helfen. Der Mörder muß jemand aus ihrem Bekanntenkreis sein. Es ist nicht schwierig, zu diesem Schluß zu kommen. Das Verbrechen wurde um vier Uhr morgens verübt. Niemand öffnet um diese Uhrzeit einem Unbekannten die Tür. Bis jetzt habe ich Freunde und Freundinnen aus ihrer Arbeit erfaßt, aber vielleicht tut sich durch dich ein anderer Weg auf. Verstehst du?«

»Ich verstehe.«

In der Haltung des Jungen läßt sich weder Feindseligkeit noch Sympathie ausmachen.

»Warum haben Sie den Fall angenommen? Etwa aus Gewissensbissen?«

»Gewissensbisse?«

»Sie waren Schuld am Wandel im Leben meiner Mutter.«

»Diesen Punkt möchte ich nicht diskutieren. Wenn es einen Schuldigen gibt, dann war es dein Vater. Deine Mutter war nicht zufrieden in ihrem Haustierkäfig. Mit der Zeit wirst du das verstehen.«

»Ich kann es jetzt schon verstehen.«

»Umso besser für alle, wenn du es verstehst. Ich nehme mich des Falls an, weil ich gefühlsmäßig in Lauras Schuld stehe, und weil mir eine Gruppe von Lehrern der Schule mir mein Honorar mit einem noch festzulegenden Nachlaß bezahlen wird.«

So etwas wie ein Lächeln hat die Lippen des Jungen geöffnet.

»Fragen Sie.«

»Die Polizei fand einen Parteiausweis deiner Mutter. Das ist alles, was ich weiß. Den Namen der Partei und den ganzen Rest weiß die Polizei, ich nicht. Was hat es damit auf sich?«

»*Union del Proletariado Revolucionario*, Vereintes Revolutionäres Proletariat. Das ist meine Partei. Ich habe meine Mutter zum Beitritt bewegt.«

»Du mußt sehr überzeugend gewesen sein.«

»Laura hing immer sehr an mir und trat der Partei bei, weil sie dachte, wenn ich ihr angehörte, mußte es seinen guten Grund haben.«

»Darf ich diesen Grund erfahren?«

»Wenn man schon Zeit mit Politik verschwendet, ziehe ich es vor, sie in einer unschuldigen Partei zu verlieren, die noch nichts und niemanden verraten hat können.«

»War Laura ein aktives Mitglied?«

»Nein. Sie kam hin und wieder. Wenn wir sie brauchten. Alles begann, als wir sie baten, uns einen Vortrag über die Geschichte der Arbeiterbewegung zu halten. Sie kam. Sie hielt ihn. Es wurde eine Arbeitsgruppe geschaffen, und sie unterstützte uns mit Bibliographie, Orientierungshilfen.«

»Knüpfte sie Freundschaften in der Gruppe?«

»Wir waren alle ihre Freunde.«

»Irgendeine spezielle Freundschaft?«

»Beziehen Sie sich auf eine Bettgeschichte?«

Herausforderung liegt in der Stimme des Jungen, die Carvalho aufnimmt und auf dem Speicher seiner Fähigkeit zu vergessen verwahrt.

»Ich beziehe mich auf eine beständige Freundschaft, über das Parteilokal oder was auch immer hinaus.«

»Laura widmete sich wie immer denjenigen, die sie am meisten brauchten. Sie hatte einen Mitleids- und Erlösungstick, einen manischen Glauben an die Kultur. Sie sagte immer, daß das Wissen emanzipiert. Vielleicht kam dieser Enthusiasmus aus ihrer Erfahrung mit dem Wissen ...«

Wieder eine gewisse Aggressivität gegenüber Carvalho.

»Wer war der Bedürftigste der Gruppe?«

»Die Bedürftigste. In diesem Fall, tut mir leid, Sie zu enttäuschen, war es eine Frau. Eine seltsame und unerträgliche Frau, deren Stärken nur Laura zu schätzen wußte, denn wir alle fanden sie blöd und aufdringlich. Die typische Autodidaktin voller Ressentiments.«

»Klein, gedrungen, pummelig.«

»Sie haben sie sehr gut beschrieben. Kennen Sie sie?«

»Nein, aber ich werde sie kennenlernen, wenn du mir sagst, wie ich sie finden kann.«

Du führst mich weder ins Kino aus, Pepe, noch zum Essen. Du sprichst nicht mit mir, Pepe. Sie zeigen einen Film mit dieser Frau, die schwindsüchtig aussieht, aber eine gute Schauspielerin ist, die von *Holocaust*, und werden ihn absetzen, ohne daß ich ihn gesehen habe. Und Charo saugt den Film mit den Augen ein, während Carvalho sie beobachtet und sie, ohne es zu wollen, mit Laura vergleicht, in einer ähnlichen Situation, in der Laura nach Worten suchte, um ihm ihre Auffassung des Films mitzuteilen. Zunächst suchte sie in den Augen Carvalhos die Bestätigung, keinen Unsinn zu sagen. Dann kam sie in die Situation, wo sie auf dialektische Weise mit ihm ringen, seine Behauptungen oder Einwände in Zweifel ziehen und ihre Argumente einbringen mußte. Jene Filmklub-Vorstellungen verwandelten sich am Ende in ein dialektisches Squash, in dem Laura die Urteile abgab und Carvalho eine schweigende Wand für den Abprall. Vielleicht erfuhr Carvalho in jenen Zeiten gewisse Änderungen, doch in der Erinnerung war die Sequenz in Farben des Verstehens und der Zuneigung gehalten. Nun ist es Charo, die ihre Meinung äußert, und Carvalho kümmert es nicht, was sie meint, aber er nimmt sie am Arm, führt sie durch das hinausströmende Publikum, drückt ihn und vermittelt eine Solidarität, die beide überrascht und anhält, bis er die Frau zum Auto gebracht hat und ohne es ihr vorher vorzuschlagen in seinen Bau nach Vallvidrera mitnimmt. Charo redet über den Film, den sie gerade gesehen haben, sie hat die Beziehung zwischen Sophie und ihrem Liebhaber nicht verstanden, im wirklichen Leben ist ihr nie ein solches Paar begegnet. Die Amerikaner übertreiben alles, nicht wahr, Pepe? Ja, sie übertreiben alles. Die Leute sind viel normaler. Ich will nicht sagen, Pepe, daß die Leute immer normal sind, aber sie sind normaler. Ja, Charo, die Leute sind normaler.

»Hast du sie sehr geliebt, Pepe?«

»Stell keine kitschigen Fragen, Charo.«

»Irgendwann wirst du doch jemanden geliebt haben.«

Sollte er irgendeinmal jemanden geliebt haben? Vielleicht hatte er sich auf Mitgefühl beschränkt, darauf, mit mehr Zuwendung als jetzt auf jemanden, der es brauchte, zuzugehen. Was heißt Liebe, wenn du mehr als drei, mehr als vier Mal die Haut gewechselt hast? Laura war eine Jagdbeute, die nach und nach zu einem gewohnten und unverzichtbaren Tier wird, das sich schließlich auf die Füße stellt und auf gleicher Höhe seines Abrichters sein möchte. Und danach eine immer spärlichere Erinnerung, die sich endlich mit den wichtigsten, aber relativsten Strichen auflöst.

»War sie hübsch?«

»Sie besaß eine aufregende Schönheit.«

»Ich verstehe dich nicht.«

»Laß es sein.«

Charo kennt die nötigen, wenn auch nicht unerläßlichen Verhaltensweisen, die das Eindringen in den Bau von Carvalho erfordern. Schnuppernd durch die Küche zu streifen, den Kühlschrank öffnen, über die Schlemmerei Carvalhos ironisieren, sich schweigend vor dem Feuer entblößen, das diese Nacht dank *Reise in die Alcarria* von Camilo José Cela in der Ausgabe von Austral entflammt wurde. Mit den Lippen über Carvalhos Körper streifen, den sie entblößt auf der Suche nach der bewehrten Mitte und mit einer sexuell geprägten Zärtlichkeit annimmt, die dem Bedürfnis nach Liebe gleichkommt. Danach die Melancholie der Rückkehr in das sichere Refugium des eigenen Körpers und sich davon überzeugen, daß auch heute der Film weder gut noch schlecht endet. Er endet einfach nicht.

Carvalho liegt auf dem Sofa. Das Holz knistert, die halbnackte Charo trägt das Tablett mit Tassen und Gläsern weg und kommt sofort zurück und bedeckt die Augen Carvalhos mit ihren Händen, und angeregt von Charos Händen scheint der Mann eine Rede fortzusetzen, die von weit herkommt, in einem leisen, intimen Tonfall, so als würde er mit sich selbst sprechen.

»Er ist ein erstaunlich reifer Junge.«

»Jacinto?«

»Nein. Der Sohn von Laura. Er heißt ... Carles ..., genau, plötzlich ist es mir eingefallen. Stell dir vor, er war ein Winzling, eine stets an der Hand seiner Mutter hängende Puppe, und nun ist er ein intelligenter Junge voller Traurigkeit.«

»Der Ärmste.«

Charo hatte wirklich Mitleid mit dem Jungen, Mitleid, das sich in der Folge in Tränen und Heulen fortsetzt, bis schließlich Carvalho die Augen öffnet und sich aufrichtet, um diesen Traueranfall zu betrachten. Carvalho lacht auf.

»He, was soll das? Glaubst du vielleicht, das ist eine Fernsehserie? Es ist hoffentlich das letzte Mal, daß du wegen einer Sache losheulst, die dich überhaupt nichts angeht.«

Das Lokal einer armen und extrarevolutionären politischen Partei. Poster von Lenin, Che, Malcolm X, Ho Chi Minh, Arafat, dem Kommandanten Ortega, Fidel, eine Anzeigentafel, ein improvisierter, dürftiger, riesiger Versammlungstisch, ein Regal mit Büchern, Berge von Propaganda dort und da. Carvalho nimmt nach und nach die Dinge wahr, während er entschlossen auf die kleine, rundliche Frau zugeht, die hartnäckig etwas auf die Anzeigetafel schreibt.

»Encarna?«

Ihm wendet sich ein hartes Gesicht zu, dessen gerunzelte Stirnmuskeln schon erstarrt sind.

»Mich schickt Carles, der Sohn Lauras.«

Die Frau schnuppert, so als ob sie den Hauch eines Geruchs wahrnehmen wollte.

»Ich rieche Bullen, ich rieche Bullen.«

»Falsch gerochen.«

»Ich rieche Bullen, rieche Bullen.«

Und sie geht fort. Carvalho muß der entschlossenen und mit der Strategie eines Krebses vorangehenden Frau folgen.

»Lassen Sie mich doch nicht einfach so stehen.«

Der Rücken antwortet ihm, nicht das Gesicht.

»Ich kann Bullen nicht leiden.«

»Carles hätte Ihnen einen Bullen geschickt?«

»Er ist ein Sohn aus reichem Haus.«

»War auch seine Mutter ein Mädchen aus reichem Haus?«

Der Krebs hat sich wütend umgedreht.

»Wissen Sie, wo ich geboren wurde?«

»Ich habe nicht das Vergnügen.«

»In Tembleque del Santo. Wissen Sie, wo das ist?«

»Nein, tut mir leid.«

»Wo sich Fuchs und Hase gute Nacht sagen. Vier Häuser und fünfhundert Schweine. Ich habe bis zu meinem achtzehnten Lebensjahr Schweine gehütet. Das erste Buch, das ich in Händen hielt, ist von einem Flugzeug heruntergefallen, sage ich, ich fand es nämlich auf einer Wiese. Wissen

Sie, wie es hieß? *Machtmechanismen in Lateinamerika*, von Luis Mercier, herausgegeben von Edima, Edición de Materiales, Barcelona, 1968, Vergós, 56. Was sagen Sie dazu? Ich kann mich sogar an die Anschrift des Verlags erinnern. Ich lernte lesen und lernte gleichzeitig, was Imperialismus ist. Was sagen Sie dazu? Und dann als Dienstmädchen in Madrid, als Dienstmädchen in Barcelona bei einem fortschrittlichen Ehepaar, das mich in der Küche das kleinste Beefsteak essen ließ und mich dann ihren fortschrittlichen Freunden vorstellte, damit ich ihnen die Geschichte mit dem auf der Wiese gefundenen Buch erzählte. Was sagen Sie dazu? Eine tolle Laufbahn, oder? Und ich war bei sämtlichen sogenannten linken Parteien. Vom Bürgertum zersetzte Parteien, in denen Bürgersprosse oder zu Bürgern konvertierte den Ton angeben, reine Scheiße. Bis ich das hier fand, genau das hier.«

Sie schnauft vor innerer Wut, die ihre Worte stocken läßt.

»Und Laura? Welche Rolle spielt Laura in dieser erbaulichen Geschichte?«

»Sie sah mich und sagte sich: Laßt uns eine gute Tat für diese *charnega* tun, die gerade von einem andalusischen Schweinestall hierher gekommen ist. Und sie fütterte mich mit Büchern wie ich die Schweine mit Eicheln gefüttert hatte.«

»Und sie nahm Sie bei sich zu Hause auf.«

»Ja, ich gebe zu, sie hatte ein gutes Herz und ließ mich nicht in der Küche essen. Werden Sie mich dasselbe fragen wie die Polizei?«

»Die Polizei ist hier vorbeigekommen?«

»Sie ist vorbeigekommen.«

»Und was hat sie gefragt?«

»Malen Sie es sich aus. Schauen Sie mich gut an. Sehe ich

aus wie eine verzauberte Prinzessin? Gleiche ich einem Kinopüppchen? Man sieht mir doch an, daß ich Lesbe bin, oder? Also haben sie mich gefragt, ob ich auf Frauen stünde, und ich sagte, ja, zu Ihren Diensten. Hattest du eine sexuelle Beziehung zum Opfer? Bemerken Sie die Feinheit? Eine Rote und lesbisch, also wird geduzt. Und ich dutze natürlich auch. Nein, Junge, Laura sprang nicht auf mich an. Und nun halten Sie sich fest, weil es ist zum Lachen, wenn man nicht in Tränen ausbrechen will. Der Bulle fragt mich ganz umgänglich und schlau: deshalb haben Sie sie also umgebracht? Du hast zu viele seichte Filme gesehen, sage ich, und der Typ wollte mir die Fresse polieren. Zum Glück hielt ihn sein Kollege zurück, der die Rolle des Guten übernommen hatte. Haben Sie alles gehört, was Sie hören wollten? Alles aufgeschrieben? Das ist jedenfalls alles, was ich sagen werde. Es ist eine perfekte Zusammenfassung.«

Sie schließt mit den Fingern die Lippen.

»Kein weiteres Wort.«

Carvalho geht, doch bevor er die Tür erreicht hat kreischt die laute Stimme der Frau wie eine ungestimmte Geige:

»Wenn Sie Carles sehen, sagen Sie ihm, daß ich ihm vier oder fünf Bücher zurückgeben werde, die ich noch von seiner Mutter habe.«

»Wem konnte Laura in jener Nacht die Tür geöffnet haben?«

Carvalho spricht fast für sich, obwohl er in seinem Büro steht, und nur wenige Meter entfernt Jacinto und die *Mähne* seinen Monolog mit einer gewissen Ermüdung verfolgen.

»Das Biest mit den Schweinen, nein, das glaube ich nicht. Im Grunde weiß sie, daß sie nicht die Hand gegen eine Señorita erheben darf. Ihr schließt die Möglichkeit eines zurückgewiesenen Liebhabers, Mann oder Frau, aus. Laura wies nie jemanden zurück. Sie war zu einer Retterin verlorener Fälle geworden. Der Ehemann? Er ist ein gewalttätiger Typ, aber sich mit zehn Jahren Verspätung zu rächen macht keinen Sinn. Es konnte ein unvorhergesehener Fall eingetreten sein. Jemand, den sie an jenem Tag kennenlernte, und ihr wißt nicht, wer er ist. Jemand, der in dieser Nacht bei ihr war.«

Jacinto räusperte sich.

»Ich wollte es nicht sagen, um mich nicht weiter in den Fall zu verstricken, aber ich war in jener Nacht bei ihr.«

Carvalho und die *Mähne* zeigten sich wieder erwartungsvoll.

»Vor ein paar Wochen hatten wir eine schreckliche Szene gehabt. Sie hatte mein Geflenne, meine Unfähigkeit, mich auf eigene Beine zu stellen, satt und warf mich hinaus. Ich lieferte einen Skandal im Treppenhaus, und schließlich kam sogar ein großmäuliger Nachbar heraus. Wir gerieten uns in die Haare. Er verprügelte mich. Laura eilte zu meiner Verteidigung herbei und nahm mich wieder in ihre Wohnung mit, doch wenig später ging ich weg. Nun gut. Ich kehrte in der Nacht des Verbrechens zurück. Ich wollte ihr beweisen, daß ich es geschafft hatte.«

Laura öffnet die Tür und empfängt den Jungen mit einem Lächeln und einem Kuß auf die Wange. Er lächelt auch und gestikuliert unbefangen, vielleicht mit einer übertriebenen Unbefangenheit, um seinen tatsächlichen Gemütszustand zu überwinden.

»Ich habe mich in einen Kurs für Fotografie eingeschrieben.«

»Willst du Fotograf werden?«

»Etwas muß ich tun. Ich würde gerne Reportagen machen, reisen.«

»Denke an den absoluten lateinischen Grundsatz: Schifffahrt ist notwendig, Leben ist nicht notwendig.«

Der Junge drückt sich. Vielleicht erwartet er eine Einladung, aber Laura enttäuscht ihn rücksichtslos.

»Ich habe viel Arbeit, muß noch Examen korrigieren.«

»Ich wollte ohnehin schon wieder gehen. Habe nur vorbeigeschaut, um Hallo zu sagen.«

Laura nimmt ihn am Arm und begleitet ihn, drängt ihn zur Tür.

»Laß uns in ein paar Monaten wieder viele Stunden miteinander reden, alle Zeit, die du willst, diese Wohnung deiner Freundin Laura wird wieder dein Zuhause sein, aber jetzt mußt du dich loslösen. Das verstehst du doch, oder?«

»Ich verstehe es.«

Zur Belohnung erhält er von Laura einen Kuß auf die Wange, dann steht er schon auf dem Treppenabsatz, die Tür der Wohnung ist geschlossen, und auf seinem Gesicht zeichnet sich ein zwischen Glück und Schluchzen schwankender Ausdruck ab. Er muß sich aber zusammennehmen, da ein rothaariger, mürrisch dreinsehender Mann aus dem Aufzug kommt. Er mustert den Jungen mit einem abschätzigen Lächeln.

»Na, wen haben wir denn da, den Möchtegern. Hat dich deine kleine Freundin schon wieder vor die Tür gesetzt.«

Jacinto weicht dem ihm am Aufzug den Weg versperrenden Körper des Mannes aus und beginnt die Treppe hinunterzulaufen. Der Rothaarige beugt sich übers Geländer, um den flüchtenden Jungen mit Worten zu verfolgen.

»Ich würde euch Faulpelze Steine klopfen lassen. Ihr habt zuviel Zeit, um euch den Arsch abzufingern.«

Jacinto hat schon fast das Erdgeschoß erreicht, als der Rothaarige einen anmaßenden Blick auf die Eingangstür von Laura wirft, einen Schlüssel aus seiner Jackentasche zieht, ihn im Schloß umdreht und in sein Fußpflegerheim schlüpft.

Die Tür des Fußpflegers hat sich geöffnet und wieder erscheint die wasserstoffgebleichte Blondine.

»Was für eine Überraschung! Letztens dachte ich an Sie. Ich vermutete Sie schon wieder zurück an Ihrem Wohnort, aber Sie sind immer noch hier. Gibt es irgendwelche Komplikationen?«

»Die Polizei. Sie hat den verdächtigen Jungen freigelassen und scheint eine andere Spur zu verfolgen und hält mich hier zurück, damit ich irgendwelche Nachforschungen anstelle. Oder um etwas zu beweisen; kurzum, sie will lästig sein. Und eben heute komme ich in die Wohnung, um ein paar Unterlagen zu suchen, um die mich die Polizei gebeten hat. Anscheinend ist sie sich jetzt sicher.«

»Ach ja?«

Die Blondine lächelt nach wie vor, doch für Carvalho scheint sie eisige Augen zu haben.

»Und Ihr Mann? Ist er noch weiterhin von Fuß zu Fuß unterwegs?«

»Was für ein Spaß mit Ihnen. Sie gefallen mir, Sie haben immer gute Laune.«

»Wollen Sie sich nicht noch einmal meine Füße ansehen?«

Die Frau lacht so gut sie kann.

»Nein. Kann ich nicht. Mein Mann kommt jeden Moment, und was würde er denken, wenn er mich dabei überraschte, einem Unbekannten die Füße zu inspizieren.«

»Ist Ihr Mann gewalttätig?«

»Nein, ein herzensguter Mensch. Aber er kann aufbrausend sein, und dann ... uff ... ist er schrecklich.«

»Ich möchte nicht mit einem eifersüchtigen Ehemann zusammentreffen. Lassen wir's für ein andermal. Übrigens sagten Sie mir letztens, daß sie alles hörten, was in der Nachbarwohnung vor sich ging. Demnach mußten Sie auch in der Mordnacht etwas gehört haben. Sie erinnern sich doch haargenau an die Besucher meiner Cousine, sogar an ihren Tonfall.«

»Aber ich habe einen sehr tiefen Schlaf.«

»Nun gut. Ich möchte Sie nicht länger aufhalten und die Polizei muß jeden Moment da sein. Man hat mir gesagt: Begeben Sie sich in die Wohnung Ihrer Cousine und warten Sie dort auf uns. Wir müssen noch ein paar Formalitäten klären, um einen Haftbefehl zu erhalten.«

Die Frau zuckt die Schultern, sagt aber nichts. Sie begleitet Carvalho bis zur Tür und wartet, bis der Detektiv die Wohnung der Toten betreten hat. Dann folgt ihr Körper einer anderen Logik, das Entsetzen bemächtigt sich ihres Gesichts, die Angst ihrer Bewegungen, während sie sich einen leichten Mantel überstreift. Geräuschlos streckt sie ihren Kopf aus der Tür, dann geht sie hinaus, schließt ab, holt nicht den Aufzug, sodern läuft die Treppe hinab, so schnell sie ihre kurzen Beine tragen können. Carvalho taucht wieder auf dem Treppenabsatz auf und beobachtet von oben den schwindelerregenden Abstieg der Frau. Er ruft den Aufzug, steigt ein, fährt hinunter.

Schon auf der Straße folgt er den nervösen Schritten der Frau, die vor der Einfahrt zu einer Parkgarage anhält. Sie wartet auf jemanden, während sie ununterbrochen auf und ab geht. Endlich taucht das erwartete Auto auf. Am Steuer sitzt der rothaarige Fußpfleger. Seine Frau neigt sich zum Seitenfenster und sagt etwas. Der Rothaarige legt den Retourgang ein, manövriert, verschwindet dorthin, woher er gekommen war und läßt seine Frau auf der Straße stehen. Carvalho hat die Nummer notiert und nähert sich der Frau, die ihm den Rücken zuwendet und über den Abgang ihres Mannes nachzudenken scheint.

»Sie werden ihn bald haben.«

Jähes Entsetzen und unglaublich weit aufgerissene Augen, trotz des Korsetts aus ranziger Wimperntusche und Tränen.

»Er läutete im Morgengrauen an der Tür seiner Nachbarin, und Laura öffnete ihm. Überrascht, aber sie öffnete ihm. Er hatte gesehen, wie einfach es war, dort Eintritt zu finden, also warum sollte es ihm nicht gelingen? Wenn dieser dahergelaufene Junge da ein und aus ging, warum nicht er? Waren es etwa nicht amoralische, skrupellose Leute, die für die freie Liebe eintraten? Hatte er nicht durch die Wände hindurch Laura mit verschiedenen Begleitern gehört?«

Die Frau, an die Wand gelehnt, hört schweigend mit erstarrten Augen und den Händen in den Taschen Carvalhos Bericht zu. Schließlich stammelt sie:

»Sie war eine Provokateurin.«

»Nein. Sie wollte den Leuten helfen. Ihre Geschichte an den anderen wiederholen. Sich selbst beweisen, daß ihr gewaltiges Opfer die Mühe wert war.«

»Wer sind Sie?«

»Nennen Sie mich Pygmalion. Und dann gehen Sie nach Hause, setzen Sie sich mit ihrem Mann in Verbindung und sagen Sie ihm, er soll sich stellen. Die Polizei ist ihm schon auf den Fersen. Die Polizei will immer, daß jede Geschichte ihren Anfang und ihr Ende hat.«

Plötzlich wird Carvalho bewußt, daß er die letzte Stunde damit zugebracht hat, die Urne anzustarren und mit Laura zu reden, eine Entscheidung anzufechten, die sie für immer in sein Leben eingehen läßt. Ein manchmal erfreuliches, manchmal auch schmerzvolles Ende, eine literarische und egoistische Entscheidung, die ihm eine Gegenwart zwischen Nostalgie und Gewissensbissen beschert.

»Was ist abstoßender, Laura. Die Sehnsucht oder die Gewissensbisse? Mein Kontingent an Sehnsucht ist erschöpft, Laura. Ich sehne mich nach allem, was mir an Leben bleibt. Und Gewissensbisse habe ich mehr als genug. Ich brauche nicht noch deine.«

Und während er mit der Urne spricht, greift er zum Telefon und wählt die Nummer der Familie Buscató. Er spricht mit Carles und zitiert ihn in den Park, wo sie sich zum ersten Mal begegnet sind. Er nimmt das Aschengefäß und steckt es zunächst in eine alte Tasche, die er für irgendeinen

Sport verwendete, den er vergessen oder vielleicht sogar niemals ausgeübt hat. Doch er hält sich zurück, und ihn schmerzt das Herz, das, was von Laura übrig ist, in den Tiefen einer Segeltuchtasche zu sehen, die nach Feuchtigkeit und Vergessen riecht. Er nimmt die Urne wieder heraus und steckt sie in eine Plastiktüte von einem bedeutenden Feinkostgeschäft: Lachseier, Brie, eine Spinatpastete, ein halbes Kilo Kiwis. Das war der ganze Einkauf. Das Gefäß wehrt sich voller Empörung und Unverständnis. Am Ende wickelt er es in das schönste Papier, das er im Haus finden kann, eines, in das Charo einmal ein Geschenk packte, dessen Anlaß er vergessen hat.

Herausgeputzt und verborgen nimmt die Urne ihren Platz auf dem Beifahrersitz ein und begleitet Carvalho bei seinem mechanischen und langsamen Weg, die ihn die vielen Kurven von Vallvidrera abwärts führen. Kaum hat er die Asche Lauras in Händen, scheinen sie ihm ein schlecht eingewickeltes Geburtstagsgeschenk zu sein, mit dem er über die Wege eines dem Nieselregen preisgegebenen Parks voranschreitet. Carles erwartet ihn im Schutz einer alten Akazie und geht dann neben ihm her, ohne Fragen zu stellen.

»Hier ist Lauras Asche.«

»Na und?«

»Sie hat mir eine zu große Ehre erwiesen.«

»Sie stört sie also.«

»Willst du sie haben?«

»Warum haben Sie mich hergebeten?«

»Ich schlage dir einen symbolischen Akt vor. Eine Möglichkeit, eine Geschichte zu beenden, die ich nicht zu neuem Leben erweckt habe.«

Es dämmert, als es Carvalho gelungen ist, mit den Händen eine kleine Grube zu graben und einen grünen Zweig von irgendeinem Busch zu brechen. Carles beobachtet seine Bewegungen, ohne sich einzumischen, und als die Grube ihre leere Höhlung zeigt, beobachtet er mit zusammengekniffenen Augen wie Carvalho Lauras Asche hineinstreut und sie dann mit der übrigen Erde bedeckt. Knieend hebt Carvalho den Blick und sieht Carles an.

»Wir werden für immer wissen, daß sie hier ist. Am Ort unseres ersten Treffens.«

Carles erwiderte nichts, nicht einmal ein Wort, als Carvalho sich verabschiedet und im Regen zum Ausgang des Parks strebt. Am Tor angekommen dreht er sich um und betrachtet den Jungen, der seine Augen immer noch auf das nunmehr endgültige Grab seiner Mutter geheftet hat, so als wollte er endlich begreifen, daß er nie mehr an ihrer Hand hängen würde.

Catalina

WAS GEWESEN SEIN HÄTTE KÖNNEN
UND NICHT WAR

»Laß dir bloß keine Kugel in den Kopf jagen.«

»Ich sehe mich kurz um und komme wieder zurück.«

Bevor er sich auf den Weg macht, blickt er zurück, um sich der nahen, beruhigenden Anwesenheit des Streifenwagens mit Standlicht zu vergewissern. Ein gewöhnlicher Rundgang, um gesehen zu werden. Ich bezweifle jedoch, daß uns jemand sieht. Das eine oder andere erleuchtete Fenster zeugt von Schlaflosigkeit, aber die restlichen Fassaden wirken wie eine Kulisse aus altem und hartem Karton. Das Viertel rund um die Plaza de Sarriá ist ruhig, erst die Calle Mayor de Sarriá ist lauter, vor allem seit die Bars für Jugendliche eröffnet wurden und sich die Straße in einen nächtlichen Strom von Stimmen und flegelhaftem Auspufflärm verwandelt hat. Die Plaza Mayor lädt zum Verweilen ein, wohltuend, selbst zu dieser spätnächtlichen Stunde in Laternenlicht getaucht, Bänke und Bäume in Ruhe, der Zeitungskiosk, der Brunnen in Erwartung der ersten Besucher, die frühmorgens zur Schnellbahn oder zum Markt eilen.

»Alles ruhig.«

»Gehen wir noch diese Straße hinauf, es soll nicht heißen, daß wir nur ein wenig auf- und abgegangen sind, um frische Luft zu schnappen.«

»In der Tat ein Vergnügen, heute Nacht frische Luft zu schnappen.«

»Mir ist es fast lieber, durch die Straßen zu latschen als mit dem doofen Jüngling im Auto zu sitzen.«

»Ich weiß nicht, was die ihnen auf der Schule beibringen, aber die Neuabgänger werden von Jahr zu Jahr dümmer. Der da hört den ganzen Tag mit Kopfhörern Rockmusik. Und hast du sein Gesicht beobachtet? Der Typ singt die Lieder mit.«

»Der kann doch kein Englisch.«

»Das Englisch dieser Lieder kann er schon, Mensch. Hast du nicht gesehen, wie er die Lippen schürzt?«

»Meine fünfzehnjährige Tochter ist genauso. Um mit ihr zu reden, mußt du ihr entweder die Kopfhörer absetzen oder den Recorder ausschalten.«

»Die werden alle noch taub. Nun, wir haben lang genug den Trottel gespielt. Gehen wir noch bis zu dem Container an der Ecke und das wars dann. Auftrag erledigt.«

»Diese Dinge sollten wie früher Nachtwächter oder andere Wachdienste machen, und wir nur dann, wenn es wirklich nötig ist. Nicht so wie heute, wo wahrscheinlich irgendeine von diesen durchgeknallten Alten angerufen hat, die sich im Radio El Loco de la Colina anhören und wenn das Programm zu Ende ist, nicht mehr wissen was tun. Und du kannst dir dann Straßen rauf und runter den Arsch aufreißen, denn wir sind schließlich eine demokratische Polizei. Und dann willst du in einem heiklen Moment Respekt einfordern, und die Leute sagen dir, du sollst die Klappe halten.«

»Mir ist das egal. Sie wollen, daß ich die Uniform spazieren führe? Kein Problem. Sie wollen, daß ich lächle. Also lächle ich. Und wenn ich mit dem Knüppel zuschlagen soll, mach ich es.«

»Was ist denn das dort?«

»Eine Schaufensterpuppe.«

»Das ist keine Schaufensterpuppe, sondern ein Typ. Der schläft wohl seinen Rausch aus.«

»Ein wirklich feiner Platz.«

»Seinen Rausch in einem Container ausschlafen! He, du Sack! Komm da herunter!«

Der Mann schien auf dem Müll zu schlafen, nur seine Beine hingen über den Rand des rostigen Containers. Der Polizist zog an beiden Beinen und der schwere Körper begann herunterzufallen. Er versuchte die lawinenartig auf ihn zukommende Masse aufzuhalten und es gelang ihm nur mit Mühe, indem er seinen eigenen Körper dagegenstemmte, von Angesicht zu Angesicht, beinahe von Mund zu Mund. Der spärliche Schein einer fernen Wolframlaterne erhellte das Gesicht des Schlafenden. Bei dem plötzlichen Eindruck des Todes wurde dem Polizisten übel und er kämpfte dagegen an, indem er Speichel schluckte und das Gesicht abwandte. Er benachrichtigte die Kollegen, die mit ihm auf Streife waren. Sie umringten den Schauplatz und halfen ihm, den Körper in seine ursprüngliche Position zu bringen.

»Rührt ihn nicht an, bis der Tatbestand aufgenommen wird. Verhaltet euch auch möglichst ruhig, denn sonst tauchen hinter all diesen Fenstern Schaulustige auf.«

Die beiden Polizisten blieben beim Container, und eine Stunde später hatten der Lärm der Bremsen, das Türenschlagen und die Stimmen eine Festbeleuchtung in den Fenstern zur Folge sowie einen Chor zerzauster Köpfe, die erschienen, um festzustellen, was denn auf der Straße los war. Endlich konnten sie die Leiche aufheben und auf den Gehsteig legen, die in alten Jeans steckenden Beine geraderichten, die Hände über dem Hosenschlitz falten, die Augenlider zudrücken.

»Der ist gar nicht mehr so jung.«

»Nein. Aber auf jungendlich getrimmt.«

Im Pueblo Seco, in der Straße, wo die Kirche Santa Madrona ist. Druckerei *Gratacós*. Keine Sorge, ist nicht zu verfehlen. Carvalho war schon seit Jahren nicht mehr ins Pueblo Seco hinaufgegangen, obwohl es seinem Viertel so nahe gelegen ist. Jede Stadtlandschaft zu seiner Zeit, und Pueblo Seco war in seiner Erinnerung mit samstäglichen oder sonntäglichen Spaziergängen auf dem bewaldeten Teil des Montjuïc verbunden, wo die übliche *Tortilla de patatas*, das Kartoffelomelette, verspeist wurde. Und vor dem Aufstieg noch der Pfichtbesuch bei den Ställen in der Calle Radas, um die ruhigen Kühe hinter den Holzverschlägen zum Muhen zu bringen. Nun war Pueblo Seco wie die restliche Stadt zu einem Parkplatz, einem aufgeschichteten Parkplatz geworden. Das wars eigentlich schon. Obwohl die Bewohner einen gewissen Stil und Verhaltensweisen aus der Zeit vor Coca-Cola bewahrten, das im Fahrwasser der ersten Marinesoldaten der VI. Flotte nach Spanien kam. Die Druckerei *Gratacós* hat nur die Maschinen ausgetauscht. In ihrem Inneren lebt die Atmosphäre des kleinen, über zwei oder drei Generationen geführten Familienbetriebs fort. Carvalho folgt mit dem Ellbogen auf Papierbögen gestützt dem geistigen Hin und Her des Señor Gratacós. Ein Mann über vierzig, schütteres Haar, das immer noch eine lange Mähne sein will, blaue Arbeitskluft, Schirmmütze der Drucker, eine gewisse Traurigkeit, die von den dicken Brillengläsern zurückgehalten wird. Das Hin und Her ist nicht nur geistig, Señor Gratacós bewegt sich auch im Büro seiner Druckerei eifrig auf und ab, nimmt eine Anfrage entgegen, versieht etwas mit seiner Genehmigung, prüft mit kritischem Auge ein soeben fertiges Produkt und verliert deshalb trotzdem nicht den Gesprächsfaden, sondern beobachtet mit gewissem Argwohn die Ernsthaftigkeit von Carvalhos Aufnahme, der sich darauf beschränkt zu nicken, so als wollte er ihn auffordern, fortzufahren. Er ist kein großer Redner, aber er scheint Worte herauszulassen, die er schon seit langer Zeit eingekapselt hatte.

»Vielleicht haben Sie vor mehr als zwanzig Jahren von uns gehört. Sagt Ihnen *Los Gatos con Botas, Die Gestiefelten Kater*, nichts? Wir hatten eine Band im Pueblo Seco gegründet, waren alle Jungs aus dem Viertel. Die Sechzigerjahre. Das können Sie sich wohl vorstellen. *Los Gatos con Botas*. José María sang. Er war der Solist. Wir schafften es nie, eine Platte aufzunehmen, aber wir spielten bei Volksfesten, in Pfarrzentren, im Radio, in verschiedenen Programmen von Salvador Escamilla. Einer unserer Songs, *Catalina es cosa fina*, war ziemlich populär. Später sangen ihn bekannte Gruppen: *Catalina es cosa fina,/Catalina sedalina,/oh, oh, oh, Catalina.* Catalina ist fein, oh, oh, oh. Wir haben uns getrennt und jeder widmete sich seinen Dingen. Ich bin Drukker. Ich habe die Druckerei meines Vaters übernommen. José María versuchte, in anderen Bands Fuß zu fassen. Ich glaube, *Los Bravos* probierten es mit ihm. Er war ein netter Junge, sah gut aus und hatte eine schöne Stimme, aber zu schmalzig, nach Art von José Guardiola, der Rock lag ihm einfach nicht. Verstehen Sie? Er probierte viel und arbeitete schließlich als Discjockey in einem Nachtlokal in Terrassa. Er war schon an die vierzig. Oder darüber. Klar, so wie ich. Zweiundvierzig. Können Sie sich vorstellen, daß ich noch die E-Gitarre schwinge? *Catalina es cosa fina, / Catalina sedalina, / oh, oh, oh, Catalina.* Hören Sie, so zu sterben, ist Scheiße. Das darf einfach nicht wahr sein. Sie haben ihm mit irgendeinem Gegenstand den halben Schädel zertrümmert. Die Polizei fragte mich als erstes, ob er schwul gewesen sei. Vielleicht ist er später schwul geworden, aber damals war er ein ganz normaler Typ. Ich wurde angerufen, weil niemand die Leiche wollte. Niemand übernahm das Begräbnis, und in seinem Adreßbuch waren noch einige Namen aus den alten Zeiten. Es sind auch andere Leute der Gruppe kontaktiert worden, aber keiner sagte auch nur Piep. Dafür bin ich zuständig, immer habe ich mir alles aufgeladen. Echt beschissen, daß José María so enden mußte. Er war ein guter Junge. Ein wenig angeberisch. Zu selbstgefällig. Von Kind an. Wir gingen in jenen Jahren nach dem Bürgerkrieg in die gleiche Schule im Viertel, und er war immer wie aus dem Ei gepellt und sagte: Bei mir zu Hause essen wir jeden Tag Fleisch. So etwas in den Vierzigerjahren zu sagen, war eine Provokation. Mit der Zeit hörte er damit auf, weil er mitbekam, was mittlerweile das ganze Viertel wußte: daß seine Mutter alleinstehend war und sich gut mit dem alten Milchmann, dem Vater von Miqueló verstand. Die Polizei spricht von einer Abrechnung oder einer Prügelei. Seine Leber war völlig kaputt. Eine galoppierende Zirrhose. Der Gerichtsmediziner sagte mir, er hätte es nicht mehr lange gemacht. Mir tut es leid, daß er wie ein Hund gestorben ist. Ich möchte, daß Sie herausfinden, was Sie können. Ich weiß nicht, warum ich mich dafür einsetze. Im Grunde hat er mir immer leid getan.«

»Vergessen Sie die Polizei und denken Sie selber nach. Was fällt Ihnen als Motiv für dieses Verbrechen ein?«

»Das sagte ich Ihnen schon. Eine Abrechnung.«

»Hatte er keine Familie?«

»Er war verheiratet und getrennt. Und hatte einen Sohn. Aber ich habe den Kontakt zu seiner Frau verloren.«

»Stehen die anderen ehemaligen Gruppenmitglieder miteinander in Verbindung?«

»Nein. Vielleicht hatte José María irgendeine Beziehung mit Luis, Luis Armenteras. Er ist Besitzer einer Diskothek, oder von so etwas Ähnlichem. Er tritt noch als Sänger auf, unter dem Künstlernamen Luigi Piamonte.«

»Namen. Adressen.«

»Da. Ich habe Ihnen eine Liste zusammengestellt.«

»Warum nehmen Sie all diese Kosten und Mühen auf sich?«

»Aus Sentimentalität. Manchmal denke ich, daß die einzige wichtige Zeit in meinem Leben die mit der Band *Los Gatos con Botas* war, und José María war das Aushängeschild der Gruppe. Die Leute erinnern sich immer an das Gesicht der Sänger. Erinnern Sie sich an *Los Bravos*?«

»Dunkel.«

»Sie erinnern sich aber gewiß an den Solisten, den Sänger, einen Blonden, oder?«

Der Rock ist ein Lebensstil, hatte ihm irgendjemand irgendwann gesagt, aber wahrscheinlich in den Siebzigerjahren, und hinzugefügt: Der Rock hat mehr zur Dekadenz des Kapitalismus und zur utilitaristischen Philosophie des Okzidents beigetragen als hundert Jahre Marxismus. Es gibt wirklich begeisterte Anhänger. Die Rocker wuchsen heran und wurden zu Waffenhändlern. Mit dreißig Jahren scheint sich die Menschheit in Beschneider und Beschnittene zu teilen, man tanzt Rock oder Walzer.

»Findest du nicht?«

Diesmal ist Fuster der Gastgeber und hat ein Abendessen mit großartigen Zutaten vorbereitet: eine Kiste Austern, die er von einer gastronomischen Exkursion in den Midi mitgebracht hat, zudem einen bemerkenswerten Sauternes und zwei konfitierte Entenkeulen nach dem patentierten Rezept von Périgord, und zum Nachtisch Käsekuchen mit bernsteinfarbener Kruste und genau richtig gebacken.

»Das war nie meine Musik. Ich bin zwar eigentlich mit dem Rock aufgewachsen, aber er war nie meine Musik. Ich bevorzuge den gregorianischen Gesang. Ich habe mir eine Aufnahme der Benediktinermönche aus der Abtei Saint-Maurice und Saint-Maur gekauft.«

Und Fuster legt mit seinem lyrischen Bariton los:

Veni Creator Spiritus
Mentes tuorum visita:
Imple superna gratia
Quae tu creasti pectora
Qui diceris Paraclitus
Altissimi Donum Dei
Fons vivus, ignis, caritas
Et spiritalis unctio.

Nach der dritten Strophe hört Carvalho nicht mehr zu, obwohl er mit dem Kopf nickt, so als wollte er die Anstrengungen Fusters, sein Haus in Vallvidrera in eine Krypta unverdorbener Christen zu verwandeln, weiterhin unterstützen.

Gloria Patri Domino
Et Filio, qui a mortius
Surrexit, ac Paraclito.
In saeculorum saecula
Amen.

»Amen.«

»Über Jahrhunderte war das die einzige hohe, beständige, unumstößliche, sich selber treue Musik, ein fester Bezugspunkt. Je älter ich werde, desto mehr schätze ich Dinge, die die Jahrhunderte überdauert haben.«

»Der Rock hat sich länger gehalten als die Polka.«

»Unbestreitbar.«

»Und dem Anschein nach ist es eine Philosophie. Ich untersuche den Fall eines alten Rockers, will heißen eines über vierzigjährigen Manns, der wie ein Rocker lebte, so als wäre er noch der junge Typ, Mitglied einer lokalen Band.«

»Jede Zeit schafft ihre Ruinen, das hast du oft gesagt. In ein paar Jahren können diese Kernkraftwerke aufgehört haben zu funktionieren. Dann werden sie zeitgenössische Ruinen sein. Wird ihr Besuch dieselbe Emotion auslösen wie ein Spaziergang durch Ephesos oder die Anstrengung, die Stufen des Theaters des Epidauros zu erklimmen?«

»Die Ruinen beeindrucken mich nur, wenn sie wirklich Ruinen sind, schon fast tote Natur. Das wurde mir vor einigen Jahren klar, als ich durch Zufall an einem Kloster im Priorato vorbeikam, Scala Dei. Es stehen kaum noch vier Wände, ein paar Architrave, aufgehäufte Steine wollen wieder sein, was sie waren, bevor sie Steinmetze verwandelten und in eine prächtige Architektur bändigen wollten. Diese verfallenden Ruinen ziehen mich an, faszinieren mich beinahe, sollte mich überhaupt etwas faszinieren können.«

»Und dieser alte Rocker fasziniert dich?«

»Nein. Ich sehe in seiner Verkleidung mehr Elend als Lyrik. Aber ich werde mich ein paar Tage lang unter alten Rockern herumtreiben.«

»Die alten Rocker sterben nie. Das ist der Titel einer Platte.«

»Die alten Rocker sind nicht unter die Erde zu bringen.

Das wäre ein besserer Titel.«

»Die Rocker mögen kein *Confit d'oie*, Carvalho. Sie essen Hamburger und trinken Coca-Cola.«

»Das steht auf einem anderen Blatt.«

Das *Rock de Chocolate* glich zu dieser Morgenstunde einer großen Schachtel voller umgedrehter Stühle und einer Menge Müll, die eine Frau mit dem Besen zusammenkehrte. Sie wußte von nichts. Fragen Sie doch Don Luis. Don Luis trug weiße Kiowa-Mokassins, die seinem Hinken angepaßt waren und er bedeckte seine Glatze mit einem Haarschopf, der gewaltsam gezwungen wurde von seinem Ursprung, dem östlichen Scheitelbein her, nach Westen zu wandern. Noch einmal? Ich sagte schon alles, was ich zu sagen hatte. Außerdem arbeitet er nicht mehr hier. In letzter Zeit war er entweder besoffen oder eingeraucht, von mir aus soll jeder machen, was er will, aber in der Arbeit hat man pflichtbewußt zu sein. Die Arbeit ist heilig, sagte der alte und dicke Rocker Luis Armenteras, »Luigi Piamonte«, vor zwanzig Jahren Twist-Sänger nach italienischer Art und nun Besitzer des *Rock de Chocolate*, Sänger und ambulanter Händler mit Schallplatten in einem Lieferwagen, mit dem er Volksfeste abklapperte. Er griff auch manchmal zum Mikrophon, um in einer Pause zwischen den lauthals angepriesenen Platten im Superpack *Tequila* im besten Torrebruno-Stil zu singen.

»Ich hatte nie einen eigenen Stil. Mir lagen die Imitationen. José María schon, der hatte seinen Stil. Wäre er nicht so versumpft, zählte er jetzt zu den Großen.«

Carvalho ließ ihn sein Leben erzählen, während der Hinkende versuchte, ihn hinauszubefördern, indem er sich zum Abmarsch anschickte, wobei Carvalho ihn jedoch nicht begleitete.

»Warum stellen Sie nicht der Mutter seines Sprößlings Ihre Fragen? Er hat einen zehnjährigen Jungen mit einer Schlampe, die da irgendwo als Oben-Ohne-Kellnerin arbeitet. Silvana, ich glaube so wird sie genannt. Gehen Sie in die elendste Kneipe des *Barrio Chino*, dort werden Sie sie treffen. José María war ein Wahnsinn. Der Junge hat auch Talent, aber seine Mutter hat ihn für den Flamenco auserkoren: Eduardo, der Sängerknabe, ist kürzlich in einem Fernsehprogramm aufgetreten. Er trug dieses schreckliche, abgestandene Lied vor: *Doce cascabeles lleva mi caballooooo, poooooorrrr la carreteeeeeerá*… Der Vater war ein Spitzensänger, der modernste seiner Zeit, und der Junge will Miquel de Molina sein, wenn er groß ist. Ach, übrigens, warum interessieren Sie sich für José María und seine Familie?«

»Er schuldete mir Geld, und ich kann es nicht einmal ertragen, daß mir die Toten Geld schulden. Waren Sie ihm irgendein Gehalt schuldig? Ich kassiere von wo auch immer.«

Luigi Piamonte stellte sich der präpotenten Herausforderung Carvalhos und zähmte seine Lust ihn hinauszuwerfen.

»Ich habe ihm alles bis zum letzten Cent bezahlt. Es war in Wahrheit nicht viel, weil er vom Vorschuß lebte. Ich weiß nicht, wovon er lebte. In den drei Jahren, die er hier war, habe ich ihn nichts essen sehen. Alles war für Alkohol und Joints.«

»Sie scheinen keine große Sympathie für den Toten zu hegen.«

»Ein Draufgänger weniger.«

»Auch nicht für seine Familie.«

»Welche Sympathie könnte ich dieser Milchkuh entgegenbringen? Sie war ein Groupie und irgendwann einfach überall. José María hatte keine Ahnung von der E-Gitarre, aber er bewegte sie wie Elvis, als wäre sie sein Apparat, und dort in der ersten Reihe war immer dieses Flittchen, geifernd, verschlang ihn mit den Augen, und das hörte nicht auf, bis sie heirateten. Eine Hochzeit wie aus einem Gruselfilm. Er glich Bette Davis und sie Joan Crawford, oder umgekehrt. Zwei Monster. Sie trennten sich. Kamen wieder zusammen. Und beim letzten Mal gelang es ihnen, diese Brut zu zeugen. Sie wollte ja auch Künstlerin werden. Sie studierte angeblich modernes Ballett, doch sie taugte wohl nicht einmal für einen Cha-Cha-Cha mit einem Tiefseetaucher…«

»Freund, welche Zunge.«

»Dann erzähle ich von ihrer. Sie saugt entweder an allem, was ihr unterkommt, oder wird ausfällig, mir hat sie schon alle möglichen Schimpfwörter an den Kopf geworfen. Sie wußte, daß ich sie nicht leiden konnte, weil sie ein Flittchen war, das José María bis auf die Knochen auslaugen würde. Er versuchte, sie in die Band einzuschleusen. Damals war der Minirock in, und wir verpaßten ihr einen mit Rüschen, damit ihre Schamhaare nicht hervorsahen. Das waren keine Beine, sondern zwei getrocknete Schinkenkeulen einer fetten Kuh, und wenn sie sich im Rhythmus des Lieds bewegte, schwangen ihre Titten, jede wohin sie wollte.«

»Ich kombiniere, sie mögen keine Frauen.«

»Doch, manche mag ich schon. Ich bin kein eingleisiger Rockfan. Zum Beispiel mag ich Sara Montiel, weil sie eine großartige schillernde Alte ist. Sie gleicht einer russischen Puppe voller immer kleiner werdenden Leckereien. Und die Jurado. Ach, gäbe sie mir doch ihre Brust.«

»Würden Sie Doktorspiele mit ihnen machen?«

»Was soll der Scherz? Ich behandle Sie mit Respekt, und Sie befinden sich in meinem Haus. Sie sind ein Rassist, der denkt: die Tunte führe ich aufs Eis. Stimmts?«

»Sie sind schwul? Das habe ich nicht bemerkt.«

»Verschwinden Sie, bevor ich Sie vergewaltige, Viehdoktor. Sie sehen aus wie ein Viehdoktor.«

Ganz offensichtlich war Carvalho der Typ nicht sympathisch gewesen. Er mußte sich sogar zurückhalten, dieses Verstellungswunder nicht zu zerstören, das die Einsamkeit seines Schädels krönte. Er schätzte hingegen die würdig trauernden, hängenden Brüste Silvanas, laue Brüste, die sich unter einem blauen Morgenrock erspähen ließen. Sie hatte alle Hände voll zu tun und keine Zeit mehr, ihre Blößen zu bedecken, beschäftigt damit, Kakaopulver in eine Tasse zu geben, auf die Toasts und die Milch am Herd zu achten, ein wenig Ordnung in diese winzige Wohnung zu bringen, wo sie mit ihrem Sohn Eduardo, dem singenden Kind, lebte.

»Ein Kind braucht viel Zuwendung. Und mit dieser Stimme. Ich bekomme die Geschichte von Antoñito de Chiclana nicht aus dem Kopf. Erinnern Sie sich an die Geschichte?«

Eduardo, der singende Knabe, erschien im Rahmen der Toilettentür wie ein blonder Engel im Trainingsanzug. Er ging wie ein kleiner angehender Torero auf den Mann zu, der ihm als ein alter Freund seines Vaters vorgestellt wurde.

Er sah so drein, als würde er Beileidsbezeugungen empfangen, doch Carvalho fragte ihn nach den Umtriebigkeiten seines Vaters, den Freundschaften, an die er sich vielleicht erinnern konnte. Onkel Luis. Onkel Carlos. Onkel Leo. Cousine Encarnación, Cousine Conchi. Alle menschlichen Beziehungen des alten Rockers setzten sich aus Onkeln oder Cousinen zusammen. Silvana zwinkerte Carvalho hinter dem Jungen zu, wartete, daß dieser die Milch trank, seinen Toast knabberte, sich wie der Sohn eines Bankdirektors anzog, seine Schultasche nahm, ihr einen Kuß gab und zur Schule eilte, damit sie schließlich Carvalhos Fragen beantworten konnte.

»Alle waren Onkel oder Cousinen. Eine nette Art, damit der Junge nicht mitbekam, wie sein Vater lebte.«

Zum Schrecken der Mutter war der Kleine noch einmal in der Tür aufgetaucht.

»Du hast mir überhaupt nicht gesagt, daß ich diesem Señor etwas vorsingen soll.«

»Mein armer Kleiner. Ich lasse ihn nämlich immer vorsingen, damit alle sehen, was er kann. Los, sing etwas, und dann ab in die Schule.«

Der Junge schloß seine kleinen Augen, schürzte die Lippen und sang:

La Parrala disen qu'era de Mogué
y otros disen qu'era de la Parma.

»Genug für heute, Eduardito, so früh am Morgen ist es nicht gut, die Stimme anzustrengen. Lauf schon, du kommst zu spät in die Schule.«

Das Kind ging fort wie ein Torero, angetrieben vom über allem schwebenden und feuchten Blick der Mutter.

»Er ist ein Schatz, und mit der Begabung … Heilige Jungfrau, nicht daß ihm dasselbe passiert wie Antonio de Chiclana.«

»Was ist ihm passiert?«

»Er war auf dem Weg zum Star. Besser als Joselito und Marisol zusammen. Und eines Tages in Buenos Aires, zack, verlor er die Stimme und taugte nicht einmal mehr als Vorsänger in seinem Dorf.«

»Ich bin bei Luigi Piamonte gewesen.«

»Bei diesem Walroß? Der ist eine ausgewachsene Schwuchtel und außerdem eine Giftschlange. Es gibt keine schlimmere Kombination als die zwischen Schwuchtel und Giftschlange. Er hat mir alles angetan, was er nur konnte. Mehr als einmal hat er sich bei uns eingemischt und für böses Blut gesorgt, und José María hörte immer auf ihn, so als wäre er sein Sklave. Er sah die Welt mit seinen Augen und sprach sogar wie er.«

Silvana verdiente ihren Lebensunterhalt als Animierdame in einem Nachtlokal der Peripherie, wo sie unechte Whiskys ausschenkte und gerade oft genug einen Freier heranließ, damit der Chef nicht böse wurde oder sie feuerte. Ich mache auch seine Buchhaltung, und das lenkt ihn ab, denn sonst würde er mich zwingen, den ganzen Tag über irgendwelche Fettsäcke auszuhalten … Sie können sich die Kundschaft von dieser Art von Bars nicht einmal ausmalen. Nicht vergleichbar mit einer Bar in der Stadt, wo gepflegte Leute kommen, die gerne schlüpfrige Bemerkungen machen, dir zwischen die Beine greifen und es paßt, du machst ihnen einen Gefallen und kassierst ein paar Scheine, die du immer gut brauchen kannst. Hierher kommen aber viele Säcke, die nach billiger Pension riechen und nur einmal die Woche die Wäsche wechseln.

»Es gibt nichts Ekelhafteres als einen Mann, der stinkt. Manche riechen sogar nach Urin.«

Carvalho hatte sich der Magen umgedreht, und er bat um ein Glas kaltes Wasser mit Klosterfrau Melissengeist. Das hatte sie sicherlich.

»So habe ichs gern. Ich genehmige mir auch manchmal einen Klosterfrau Melissengeist, er beruhigt den Magen und tut dir gut. Und wenn mir die Eierstöcke wehtun, ein guter Pfefferminzlikör mit Eis. Wollen Sie einen?«

Die bloße Idee an einen Pfefferminzlikör trieb ihm den Schweiß aus den Poren. Er bat sie, ihm den Rattenschwanz von »Cousins und Cousinen«, von »Onkeln und Tanten« aufzuzählen, die den Lebensunterhalt des alten Rockers gesichert hatten. Sie kannte nur ein paar wenige.

»Da sehen Sie es. Er war immer so umtriebig in diesen Dingen, und ich so zimperlich. Ihm war egal ob Fisch oder Fleisch. Er war eiskalt im Bett, Señor Carvalho. Sein Schwanz schien nicht ihm zu gehören. Solange du ihm nicht in die Augen sahst, war es ein Genuß, mit ihm zu vögeln, weil er ihm ewig stand. Aber wenn du ihm in die Augen sahst, war dir klar, daß er sich langweilte und ihm egal war, ob du Silvana oder Marcelino heißt.«

Um anzufangen, eine ehemalige *Zarzuela*-Sängerin, Witwe eines Großhändlers von kaltgepresstem Olivenöl aus dem Priorat. Sie sang Sopran und wenn sie einen Rappel kriegte, verließ sie Mann und Kinder und tingelte auf Tournee durch die Dörfer. Die Romanze, die ihr am besten lag, war *El Can-*

tar de la Alsaciana, oder zumindest war es das Lied, das José María am meisten mochte.

»Er hat mich nicht wirklich hinter dem Ofen hervorgelockt. In Wahrheit hat er mir leidgetan, denn ich hatte meinen Rückhalt. Wenn mein Kribbeln vorbei war, kehrte ich wieder nach Hause zurück, und mein Mann sagte völlig gelassen: Ach die Sängerin ist wieder da, dann ging er ins Café, um Domino zu spielen. Ich habe José María zum letzten Mal vor sechs Monaten gesehen. Er bat mich, für einen Kredit zu bürgen, und das tat ich. Nicht zum ersten Mal, doch nie hat irgendeine Bank von mir auch nur einen Cent eingefordert. Mein Mann starb einen Tag nach dem 23. Februar, dem Tag des Staatsstreichs. Er sah im Café fern, während er Domino spielte, und als die Politiker aus dem Parlament herauskamen, sagte er: Schau, da kommen sie, und dann wars mit ihm vorbei, er hauchte sein Leben aus wie ein Vogel. Gut, um genau zu sein, sagte er auf Katalanisch: »Da sind sie, diese Trottel! Ach, wer José María umgebracht hat? Jeder kann es gewesen sein. Er war ein aus der Bahn geratener Mann, der keinen Rückhalt mehr hatte. Ich war mein ganzes Leben lang verrückt, aber ich hatte immer, immer einen Ort, an den ich zurückkehren konnte.«

Don Marcial Borrull empfing von elf bis zwei in einem privaten Fitnessclub in Pedralbes. Den Nachmittag widmete er seinem Briefmarkenhandel, und morgens gönnte er sich Unterwassermassagen, den einen oder anderen Saunabesuch, eine Squashpartie mit einem Trainer des Clubs oder irgendeinem Mitglied ohne Partner, und ließ sich den Schnurrbart und seine Glatze von einem federleichten Barbier zurechtmachen. Ja, José María war sein Neffe gewesen.

»Leiblicher Neffe, nehme ich an. Sollen wir lieber unter vier Augen reden?«

»Paquito läßt sich nicht erschüttern. Er ist sächlicher Natur. Demnächst werde ich ihn in die Kategorie der Neffen erheben.«

»Was sagen Sie da, Don Marcial!«

»Ich unterscheide die Neffen in gebürtige und auswärtige. Die gebürtigen halten länger aus.«

»War José María gebürtig oder auswärtig?«

»Die besten sind fast immer auswärtig. José María war ein Auswärtiger.«

»Viel Geld?«

»Geld zählt nicht für mich. Stimmt doch, Paquito. Erzähle doch diesem Señor, wie großzügig meine Trinkgelder sind.«

»Die großzügigsten im Klub, in der Tat. Und das wissen alle. Die Trinkgelder von Señor Borrull sind die freigebigsten. Er ist nicht wie die anderen.«

»Haben Sie es gehört?«

Carvalho und der Alte maßen ihre Blicke und der Alte gab schließlich auf, indem er zum Barbier sagte:

»Paquito, bring mir doch bitte die Zigaretten, die ich im Massagesalon liegengelassen habe.«

Der Barbier geht. Der Alte neigt sich zu Carvalho, auf seinem Gesicht zeichnet sich eine uralte, gemeine Härte ab.

»Ich gab ihm, worauf ich Bock hatte, und Finger weg von dieser Sache, sonst leben Sie nicht länger als ein Vietnamese.«

Die anderen beiden Onkel waren eingeschüchterter und verschämter. Was die Cousinen anging, herrschte der Typ der unglücklich verheirateten, ausgehungerten und nach Gerechtigkeit heischenden Frauen vor. Wie jene hübsche Angestellte, die sich von ihren Mitarbeitern und Mitarbeiterinnen verbschiedet, die sich bösartig den Mund darüber zerreden, daß Carvalho sie erwartet und an ihrer Seite den Gehsteig entlang spaziert.

»Ich bat Sie, etwas weiter weg auf mich zu warten. Es geht schließlich niemanden etwas an, was ich mache oder nicht, sobald ich hier herausgehe.«

Das Mädchen geht leichtfüßig voran, so als wollte sie Carvalho loswerden.

»Wir können es ganz schnell hinter uns bringen. Ich wollte nur wissen, welche Art von Beziehung Sie mit José María hatten.«

»Und was geht Sie das an?«

»Vielleicht geht es die Polizei etwas an.«

In den runden, hübschen Augen zeichnen sich Schrecken und schließlich Tränen ab, als sie um Diskretion bittet. Sie ist mit einem guten Jungen verheiratet. José María brauchte sie hin und wieder, um sich Luft zu machen.

»Sie bezahlten dafür? Sie haben es nicht nötig, für die Liebe zu bezahlen.«

»Ich fühlte mich ruhiger, besser, wenn ich ihn bezahlte. Ich bezahlte ihm auch keinen fixen Preis. Er schlug Sachen vor. Geschenke.«

»Soviel verdienen Sie als Angestellte?«

»Mein Mann verdient ziemlich gut.«

»Welche Art von Geschenken sind das gewesen?«

»Es war sehr seltsam, denn er hatte einen Schreibblock mit einer Liste dabei, und wenn du ihn fragtest, was er verlangte, zog er ihn hervor und zeigte mir etwas, das meinen Möglichkeiten angemessen war.«

»Lohnten sich die Ausgaben?«

»Das ist meine Sache.«

Beinahe geschäftliche Beziehungen. Du gibst mir etwas und erhältst dafür das. In keinster Weise eine Epressung, sondern ganz im Gegenteil ein wohlkalkuliertes, kaltes Benützen von Liebhabern und Liebhaberinnen je nach Brieftasche. Das Mädchen roch nach Veilchen und ihre Körperformen waren harmonisch, wenn auch vielleicht etwas zu fersenlastig.

»Wußten Sie, daß er bisexuell war?«

Nein, das wußte sie nicht. Das verdeutlichten ihr plötzliches Innehalten und ihre kugelrunden, aufgerissenen Augen.

»Wäre Ihre Beziehung weitergegangen, wenn Sie gewußt hätten, daß er bisexuell ist?«

»Natürlich nicht.«

Das war ihr spontan herausgerutscht, wie sie gleich danach einräumte.

»Das war mir doch eigentlich egal. Er machte, was ich von ihm verlangte, und das wars schon.«

»Ich wollte noch gern, daß Sie mir Ihre seltsame Theorie erzählen oder erklären, derzufolge Sie sich schuldloser fühlten, wenn Sie es mit einem bezahlten Liebhaber machten.«

»Auf diese Weise schien ich meinem Mann keine Hörner aufzusetzen. Ich brauchte etwas, was er mir nicht gab, und suchte einen guten Fachmann. Das war alles. Es gab keine Gefahr sich zu verlieben, verstehen Sie?«

»Verstehst du das, Charo?«

»Mir sind schon einige solcher Fälle untergekommen. Aber klar, die Männer reden anders darüber. Sie drücken sich, wie soll ich sagen, derber aus, und das soll jetzt nicht heißen, daß ich mich mit dir anlegen möchte, Pepiño, aber so ist es. Sie sagen dir, sie gehen lieber zu Huren, weil so laufen sie nicht Gefahr, erwischt zu werden und Probleme in der Ehe, mit der Familie zu haben. Das finde ich nicht schlecht. Außerdem lebe ich davon. Meine Kunden sind sehr gesprächig und fragen mich um Rat, sogar was ihren Umgang mit Frau oder Kindern betrifft. Heute studiert dank meiner Hilfe ein Junge hier in Barcelona an der Schauspielschule.«

»Hast du ihm denn ein Stipendium bezahlt?«

»Nein, aber sein Vater hat mir nach verrichteter Sache gesagt, daß ihm sein Sohn viele Sorgen bereitete, keine Anstalten machte, Ingenieur zu werden, sondern Schauspieler sein wollte ... Und ich sagte ihm: Wenn du ihn zwingst, etwas zu studieren, das er nicht will, machst du ihn für sein ganzes Leben lang unglücklich. Wenn er aber Schauspieler wird, was für eine Zukunft erwartet ihn dann? Hör mal, erwiderte ich ihm, dieses Bett hat schon viele Ingenieure gesehen, denen es schlecht geht, und ebenso Leute, die ihren Neigungen nachgehen und immer durchkommen. He, ich war echt unschlagbar gut ... Einen Monat später war der Junge auf der Schauspielschule.«

Charo redet weiterhin von ihrer beratenden Funktion als Hure des Vertrauens, als häusliche, fast schon als Familienmitglied angesehene Hure, die per Telefon von den ihr bekannten Stimmen engagiert wird, jenseits jeglichen Straßenstrichs.

»Stell dir vor, Charo, ein Liebhaber oder eine Liebhaberin von José María entdeckt plötzlich, daß er bisexuell ist, fühlt sich betrogen und bringt ihn in einem Anfall um.«

»Das wäre eher die Reaktion einer Frau. Ich kenne mich mit Schwulen aus; ich meine nicht die, die sich verlieben, sondern die auf den Strich gehen. Sie sind aus Eis, Junge. Und sie nehmen, was sie kriegen, ob Fisch oder Fleisch ist ihnen egal. Irgendein Mädchen hätte sich jedoch in ihn verliebt haben und die Bisexualität abstoßend finden können. Außerdem ist es immer normaler, daß einem Typen die Weiber gefallen, auch wenn er schwul ist.«

Aber eine Frau konnte ihn nicht umgebracht und den Körper zum Container geschleppt, hochgehievt und hineingeworfen haben. Vielleicht irren wir uns, und er wurde aus irgendeinem anderen Grund, aber nicht weil er Rocker oder Sexathlet war, umgebracht. Die Aussage eines der »Onkel«, ein Großhändler aus Pueblo Nuevo, hatte neue Dinge ins Spiel gebracht, die eine mögliche Rekonstruktion der Gegebenheiten verkomplizierten.

»Eines Tages sagte José Mari zu mir: Es hat sich damit, daß immer du blechen mußt. Ich lade dich für ein Wochende auf Ibiza ein. So eine verrückte Nudel! Aber ich sagte mir, du darfst ihm keinen Korb geben, also fuhr ich mit ihm auf Ibiza, mal sehen, was mich dort erwartete. Und, Junge, es war wie im Film. Er brachte mich in ein supertolles Appartement, lud mich in die teuersten Restaurants ein, und überall kannte man ihn und behandelte ihn als einen geschätzten Stammkunden.«

»Wem gehörte das Appartement?«

»Das weiß ich nicht, aber er bewegte sich darin, so als wäre es seine eigene Wohnung, der Schlafzimmerschrank war voll mit seinen Klamotten und im Badezimmer standen seine Aftershaves und Deodorants. Das war kein geliehenes Appartement. Vielleicht hatte er eine etwas dauerhaftere Sache laufen. Mir war das egal, denn ich war nicht eifersüchtig. Er ging immer seinen eigenen Weg, und ich auch.«

Gabriel Betriu hätte als gepflegter und wohlhabender alter Junggeselle durchgehen können, als begeisterter Sammler von Wanduhren und Platten von achtundziebzig Revolutionen sowie einer etwas weiter zurückliegenden Aufsichtstätigkeit in einem Geschäft, das von sich selber lief. Sogar seine Stimme und Gestik entsprachen am Beginn des Gesprächs der Information, die Carvalho von ihm forderte, die er von so einem Treffen erwarten konnte. Erst nachdem er mit seiner homosexuellen Neigung herausgerückt war, kickste er, schüttelte die spirituelle Mähne, bewegte sich am Ende, wie es angeblich die Tänzerinnen der Sultane tun, und begann seine Augen lüstern umherschweifen zu lassen, während er dem Tratsch des Frisiersalons folgte.

»Er behandelte mich in Ibiza wie eine Königin.«

Irgenwann hatte Carvalho beschlossen, den Homosexuellen gegenüber rationalistisch aufzutreten, und bei der Methode war er noch, als er arbeitsbedingt mit Homosexuellen zusammentraf. Ihm gingen die durchgeknallten Tunten auf die Nerven, die sich mit ihren neuen Titten wie Fünfzehnjährige aufführten, und er verabscheute im Grunde die Ausrutscher in Richtung Topos des apostolischen und unbeherrschten Schwulen.

»Sind Sie denn aus Stein, Detektiv?«

»Ich schwor meiner Mutter am Totenbett, daß ich es niemals mit einem Mann treiben würde.«

»Sie hatten aber eine seltsame Mutter!«

»Mein Vater war gewiß noch viel seltsamer.«

Ein weiterer Tag unter »Cousinen« und »Onkeln« des alten Rockers. Die einen vermittelten ihn an andere weiter, so wie sie es früher mit diesem so kompetenten Profi getan hatten.

Carvalho hatte eher das Gefühl, der Sensationsgier als dem Sinn für Klarheit zu dienen. In seinem Haus in Vallvidrera, nachts und mit von den Parfüms von »Onkel« oder »Cousine« übervollen Nase, sprach er mit dem Toten, mit diesem so umtriebigen wie schlecht bezahlten Gigolo, zumindest der Aufmachung nach zu schließen, in der er gefunden wurde. Etwas paßte nicht ins Bild, und zwar genau diese Gewinnsucht von José María. Wofür? Für wen? Silvana mußte für sich und ihren Sohn selber sorgen. Wohin ging alles, was er verdiente? Am nächsten Tag besuchte Carvalho erneut den Drucker im Pueblo Seco.

»Ich wollte gerne die persönlichen Sachen von José María sehen. Seine Wohnung in Barcelona. Muß ich mich dafür an seine Frau wenden?«

»Seine Frau hat alles mir überlassen, und ich bewahre es in ein paar Kisten im Lager da oben auf. Die Wohnung, ein heruntergekommenes und zugiges Dachgeschoß im Ensanche, wurde aufgelöst. Soll ich Ihnen den Inhalt der Kisten zeigen?«

»Nein. Ich möchte sie lieber mitnehmen und mit diesen Gegenständen allein sein. Manchmal sprechen die Dinge.«

Señor Gratacós half Carvalho, die zwei Kisten aus einem kleinen Stauraum mit gut geschlichteten Unnötigkeiten herunterzuheben und sie in sein Auto zu verfrachten. Er trennte sich nur ungern von dem, was vom Schiffbruch des Sängers der *Gatos con Botas* übrig geblieben war.

»Achten Sie bitte darauf, daß nichts verloren geht.«

»Wenn Sie wollen, mache ich eine Liste von dem, was ich mitnehme.«

»Die habe ich schon angefertigt. Nicht ihretwegen, sondern für den Fall, daß Frau oder Sohn die Gegenstände einfordern. Haben Sie sie kennengelernt?«

»Ja.«

»Und? Ihr Eindruck?«

»Der einer Glucke, die einen Sängerknaben heranzieht.«

»Ich verstehe nicht, warum José María mit ihr zusammen war, und auch nicht, wie er zulassen konnte, daß sie dem Jungen solche Dinge ins Hirn pflanzte. Haben Sie denn gehört, welche Lieder der Junge singt? «

»Das passiert oft. Viele linke Eltern haben rechte Sprößlinge, und umgekehrt. Insofern ist es auch durchaus möglich, daß sich der Sohn eines Rocksängers dem Folk zuwendet.«

Bereits in Vallvidrera angekommen verschob Carvalho das Stöbern in den Kisten, obwohl sich diese mitten im Wohnzimmer, auf dem Tischchen plaziert, bei seinem scheinbar planlosen Umherstreifen durchs Haus geradezu aufdrängten. Endlich befand er sich reif dazu, in den Resten zu wühlen, trotz eines gewissen Ekels vor eventuellen ungustiösen Dingen, auf die er stoßen könnte. Du wirst alt. Die Skrupel sind Zeichen von Schwäche. Sich selber als alt zu bezeichnen, war eine zu schlimme Herausforderung, also widmete er sich der Kisten mit der Entschlossenheit eines treffsicheren Matadors. Carvalho registrierte alles auf dem Teppich vor einem Kaminfeuer, das er mit dem zweiten Band von Hugh Thomas' *Cuba* entfacht hatte. Carvalho hatte sich rasch einen Imbiß zubereitet, ein Omelette mit Tomaten und zwei Scheiben Schweinsfilet aus Villores, die ihm sein Nachbar Enric Fuster mitgebracht hatte, in getrüffeltes Fett eingelegt. Die Archäologie des alten Rockers hätte kein armseligeres Bild bieten können: fünf alte Singles (Dalida, Ennio Sangiusto, Paul Anka, Die Platters, Piaf), ein halbes Dutzend Bücher einer Reihe namens »Trovadores de nuestro tiempo«, Kalender mit Kreuzfahrten von einem Reisebüro, eine russische Puppe, eine Comet-Harmonika, ein Strohhut, ein von Raphael signiertes Foto, ein weiteres Foto von Eduardo, dem singenden Knaben, in ländlicher Tracht, eines von *Los Gatos con Botas* von vor zwanzig Jahren, ein mexikanischer Sombrero, ein quietschender, hüpfender Plastikfrosch. Es blieb ihm nur das, was er nicht versetzen konnte. Das war der Kommentar eines Druckers im Pueblo Seco, also eines ortsansässigen. Auf dem Foto war José María jung, wirkte wie ein Ausländer, groß im Vergleich mit den durchschnittlichen Spaniern in den Sechzigerjahren, blond, frech, eher schmalzig als rockig, mehr angeberisch als ironisch. Wenig. Zu wenig, sagte sich Carvalho angesichts dieses spärlichen Horizonts. An seiner Seite Luigi Armenteras mit einer E-Gitarre und dem Gesicht eines sensiblen Jungen, der gerade wegen einer wichtigen Sache geweint hat. Tito Fontana, ein athletischer Typ, in dessen Händen seine Gitarre wie ein Spielzeug wirkt. Der Drucker Gratacós im Hintergrund, wie ein Kellner, der auf den Befehl wartet, mit seinem Schlagzeug Musik aufzutischen. Gratacós glich eher einer melodramatischen, narrativen Figur, dem Bolero entwachsen, genaugenommen einem Bolero von Machín. Wenn es darum ging, die goldenen Zeiten der Gruppe aufzufrischen, dann kam der Bolero heraus: »No quiero arrepentirme después de lo que pudo haber sido y no fue…«/Ich will mich nicht schämen für etwas, was gewesen sein hätte können, aber nicht war…/oder aber… Se vive solamete una vez y hay que aprender a querer y a vivir…« /Man lebt nur einmal, laßt uns doch lernen zu lieben und zu leben./

»Wir probten in einem leeren Lager in der Calle Blaso de Garay. Im Sacklager von meinem Onkel. Die Nachbarn machten drei Phasen durch. Anfangs tolerierten sie uns, weil wir aus guten Familien des Viertels stammten. Dann regten sie sich ganz schrecklich über unseren Krach auf. Aber als wir schließlich Erfolg hatten und die Zeitungen über »die Jungs vom Poble Sec« schrieben, waren sie stolz auf uns und ertrugen den höllischen Lärm unserer Proben.«

»Tito Fontana. Der fehlt mir in meiner Sammlung.«

»Tito Fontana hat nicht viel Glück gehabt.«

Er überdenkt den soeben ausgesprochenen Satz und wird betrübt.

»Was für Dummheiten sage ich da. Wer von uns allen hat denn schon Glück gehabt?«

Nun verfügte Carvalho über diese durch die Fotos einbalsamierten, glänzenden Körper. Er richtete sein Augenmerk auf Tito Fontana und verordnete sich daraufhin eine Ruhepause von Onkeln und Cousinen. Tito Fontana. Das klang nach italienischem Sänger der Sechziger. *Il Mondo…*

Er wirkte geschrumpft. Nervös, hager, fünf Kinder und eine Frau, die ihm auf den sieben Taschen von sieben erfolglosen Tätigkeiten liegt.

»Wir haben etwas Großes gemacht.«

»Haben Sie noch Kontakt zu den ehemaligen Bandmitgliedern?«

»Luigi und José María habe ich schon Ewigkeiten nicht mehr gesehen. Vor Jahren bat mich Luigi, als er beschloß, in Dörfern als Sänger auzutreten, um künstlerische Fotos. Aber dann habe ich nichts mehr von ihm gehört.«

»Warum hat sich die Band aufgelöst?«

»Wir kamen in die Jahre, und die Sache war unsicher. Ich wollte mehr Sicherheit. Außerdem ging José María seinen eigenen Weg. Er ließ sich mit Silvana ein. Die anderen konnten sie aber nicht ausstehen.«

Während Carvalho nach und nach die Mitglieder von *Gatos con Botas* aufsuchte, glaubte er ein literarisches Abenteuer zu erleben, einen ernüchternden Beweis dafür, wie sich der Lauf der Zeit unerbittlich über die Fotografien stülpte. Fast nichts mehr war von jenen wilden Jungen übrig, die jede Nacht im großen Sacklager in der Calle Blasco de Garay geprobt hatten. Zwischen den Ruinen ihrer Körper und ihrer Begeisterung, fast noch jung, doch auch schon alt, knapp über vierzig, in dem Alter, in dem man schon für sein Gesicht und seine Vergangenheit verantwortlich ist. Tito Fontana, Radio- und Fernsehtechniker, der immer die Geräte seiner Nachbarn repariert und sonntags auch noch die Hochzeiten vor dem Portal der Kirche Santa Madrona ablichtet.

»Wenn Sie mich jetzt fragen, ob José María schwul war, kann ich Ihnen nur sagen, daß er sehr wohl eine Neigung dazu zeigte. Ein klassischer Fall. Einer von diesen so eingebildeten Typen, die sich selber so anbeten, daß ihnen am Ende keine Frau mehr recht ist. In der Szene gibt es das haufenweise. Der ihn am besten kannte, war Paquito, der Drucker. Sie waren ein Herz und eine Seele. José María war ein sehr herrischer Typ und wollte immer die anderen herumkommandieren. Wir kamen uns mehr als einmal in die Haare. Meiner Meinung nach hat sein schlechter Charakter die Gruppe auseinandergetrieben, sonst hätten wir Erfolg gehabt und wären immer noch zusammen. Denken Sie nur an die *Sirex*, die waren schon tot und sind wieder auferstanden und groß da. Als wir mit *Catalina es cosa fina* unseren Erfolg hatten, wären mit einem anderen Manager die Dinge anders gelaufen. Vor zwei oder drei Jahren ging ich zu Luigi, zu José Mari …, schlug ihnen vor, die Band wieder zusammenzusetzen. Nur für den Sommer, um von Dorf zu Dorf zu tingeln, wir hätten ein Vermögen gemacht. Aber sie wollten nichts davon hören, was mich bei Luigi nicht wunderte, weil er seine Sachen am Laufen hat, bei José Mari aber schon. Bei dem weiß ich nicht, wovon er lebte.«

»Gratacós kann ich mir nicht mehr am Schlagzeug vorstellen.«

»Ich dachte schon an einen Neffen von mir, der echt gut ist und arbeitslos. Ich hatte es satt, hinter ihnen herzulaufen, stritt auch mit José Mari. Der sah mich über die Schulter weg an, und ich sagte ihm das Erste, was mir in den Sinn kam, und dann alles, was ich zwanzig Jahre lang geschluckt hatte. Er war nichts wert, benahm sich aber wie ein Prinz.«

Donde se mete la chica del diecisiete? De donde saca pa tanto como destaca? / Wohin geht denn das Mädchen von Nummer siebzehn? Woher nimmt sie bloß all das, womit sie angibt?/ Das alte Lied schien für José Mari gemacht zu sein.

»Er weigerte sich, älter zu werden. Er wollte nicht erwachsen werden. Solche Leute gibt es, und manche haben Glück. Sie sind ihr Leben lang unverantwortlich, während wir Verantwortlichkeiten anhäufen, und dann gehts mit ihnen immer vorwärts, während wir im Dreck steckenbleiben.«

»José María hat nicht viel Glück gehabt.«

»Nein, am Ende bekam er, was er verdiente.«

»Verdiente er es zu sterben?«

»Das will ich nicht sagen. Ich sage nur, daß er seine Strafe bekommen hat. Es tut mir leid, daß er tot ist, aber er hatte sämtliche Chancen, irgendeinmal die Sieben aufgedrückt zu bekommen. Er war schlecht, das ist der richtige Ausdruck. Schlecht. Manchmal wird behauptet, daß niemand zu hundert Prozent gut oder schlecht ist. José Mari war schlecht. Wo er den Fuß hinsetzte, wuchs kein Gras. Mit ihm konnte man nur zwei Arten von Beziehung haben: Entweder ließest du dich von ihm beherrschen und wurdest sein Sklave, oder du hattest ständig Streit mit ihm. Und mir konnte er nicht das Wasser reichen. Sie hätten mich damals sehen sollen. Ich trainierte im Fitneß-Studio in der Calle Joaquin Costa. Sie hätten mich sehen sollen.«

»Ich habe Sie auf Fotos gesehen. Sie waren ein Athlet.«

»Alles Muskeln. Nicht wie jetzt. Die Sorgen. Die Familie. Die Arbeit. Ich kann das Leben nicht genießen, immer habe ich diesen Stachel. Wenn sie doch auf mich gehört hätten. Auftritte in ganz Katalonien. Vierhunderttausend Kröten pro Abend, ganz einfach, ohne den Mond zu wollen. Und nicht nur einmal, sondern neunzig Abende im Sommer. Zählen Sie. Rechnen Sie. Sechsunddreißig Millionen Pesetas. Ausgaben, Steuern. Belassen wir es bei fünfzig Prozent. Achtzehn netto durch vier geteilt. Fast fünf für jeden. Für mich schien es sich zu lohnen, und mir blieb die Spucke weg, als dieser Habenichts sich ganz offen über mich lustig machte.«

Ein ganzer Chor möglicher Mörder tauchte in der Phantasie Carvalhos auf, während er durch die Straßen des Pueblo Seco spazierte. Die Füße folgen einer alten Erinnerung, und so geht er die Calle Radas hinauf bis zum Montjuïc, dem Teatro Griego, den grünen Labyrinthen, den alten kleinen Palais, zu Museen ohne Publikum geworden oder zu neuen Theatern, in denen die Demokratie ihre eigene Komödie aufführte. Schlangennester, und mittendrin ein Beschwörer: José María Lacasa Torres, alter Rocker. Silvana. Eduardito, der singende Knabe. Vielleicht hatte er zu früh diese knackige, füllige Frau aus dem Spiel gelassen, die dabei war, ein Wunderkind heranzuziehen.

Charo im Négligé, aber im Bett. Es handelt sich um ein Négligé, um zu verführen, nicht um zu bedecken. Charo sitzt im Halbdunkel am Bettrand, in einer Hand einen Schreibblock, in der anderen einen Stift. Auf der anderen Seite hockt ein schmächtiger Mann, dünn und nervös, der dauernd an seinen Fingern herumfummelt, während er ihr stockend seine Geschichte erzählt.

»Dann sagte mein Vater zu mir: Heute gibts kein Abendessen, und wenn du die Großmutter nicht um Verzeihung bittest auch kein Frühstück. In jener Nacht versuchte ich, mich umzubringen.«

Charo nickt mit einer Mischung aus Überdruß und vorgegaukeltem Mitgefühl.

»Mittlerweile sind es schon vier Versuche, mein Junge. Wie alt warst du, als dich dein Vater ohne Abendessen ließ?«

»Fünfzehn.«

Der Mann schluchzt und stammelt ein verzücktes Papa..., Papi...

»Mir ist klar, wie absurd dieser Ausbruch ist, aber ich kann nur dir mein Herz ausschütten.«

»Keine Sorge. Dazu ist Charo da, um Notizen zu machen.«

»Wenn du willst... treiben wir es später.«

»Nein, nein, rede nur ruhig weiter. Was geschah am nächsten Tag? Bekamst du ein Frühstück?«

»Nein.«

»Und ein Mittagessen?«

»Auch nicht. Versteh doch, es war eine Ehrensache zwischen mir, dem Vater und der Großmutter. Ich wäre verhungert, wenn mir meine Mutter nicht heimlich Sandwiches gebracht hätte. Als mein Vater dahinter kam, richtete er weder an sie noch an mich jemals wieder ein Wort.«

Nun stammelt der Mann Mama … Mama, aber in dem Augenblick läßt das Läuten des Telefons Charo die nackten Beine senken, den Block aus der Hand legen und ihre Brüste in Richtung des Apparats schwenken.

»Pepe. Du rufst ja wirklich zu Zeiten an. Nein, ist nicht schlimm. Warte kurz.«

Sie läßt den Hörer und eine kurze Entschuldigung in der Luft schweben.

»Ich bin gleich wieder da, Süßer.«

Charo geht hinaus und der Kerl robbt wütend über das Bett, greift nach dem Hörer, den Charo nicht aufgelegt hat. Er hört ihre Stimme.

»Heute bin ich psychotherapeutisch unterwegs, keine Sorge, Pepe. Ich mache gerade Notizen zur Biographie eines unsympathischen Kerls. Er bezahlt mich. Natürlich bezahlt er mich. Du bist der einzige Typ, der für meine freien Stunden nichts ablegt.«

Charo redet im anderen Zimmer.

»Silvana, Miss *topless*, nein die arbeitet schon lang nicht mehr. Sie beschränkt sich darauf, ihre Brüste zu zeigen und zu singen. Gar nicht schlecht, eine gute Frau. Mit ihrem Eduardito, dem Sängerknaben, der schlau ist wie ein Fuchs, Pepe, das sage ich dir. Es hängen schon Fotos von ihm an den Auslagen im Viertel, dabei ist er noch nicht einmal zehn Jahre alt. Nein, Silvana hat keine schrägen Geschichten laufen, oder zumindest weiß niemand davon. Gern geschehen, für dich immer, aber hin und wieder könntest du mir schon sagen, wo du dich verdammt noch mal herumtreibst, denn ich habe es wirklich satt, mir mit so durchgeknallten Typen wie dem gerade meine Zeit zu vertreiben.«

Der durchgeknallte Typ hört gerade das Telefongespräch mit, ein gewisses genüßliches Lächeln zeigt sich auf seinen Lippen, als er die Beleidigung hört, ein kühner Blick in seinen kleinen Augen, als das Gespräch zwischen Charo und Carvalho zu Ende ist, und sie den Hörer auflegt.

Charo kehrt mit einem förmlichen Lächeln auf den Lippen zurück, das sich jedoch verflüchtigt, als sie die unbändige Wut im Gesicht des kreischenden Mannes sieht:

»Du Sau! Du hast alles deinem Zuhälter erzählt, hast mich verraten!«

Er stürzt sich auf Charo, doch die läßt ihn wie zu einer Statue erstarrt kommen und verpaßt ihm dann zwei schallende Ohrfeigen. Die Empörung des Mannes ist verflogen, er schluchzt, setzt sich wieder an den Bettrand, Charo greift erneut zu ihrem Block und fragt:

»Wir waren an dem Punkt stehen geblieben, wo sich dein Vater weigerte, sowohl mit dir als auch mit deiner Mutter zu sprechen. Was passierte dann?«

»Das weiß ich nicht mehr genau, aber ich habe mich, glaube ich, in meinen Vater verliebt.«

Charo bläst sich die Haare aus der Stirn.

»Und dein Vater erwiderte deine Liebe?«

»Ich habe sie ihm nie gestanden. Aber ich weiß, daß er sie spürte, und von dem Moment an abweisender war. Er hatte nie eine Liebkosung, eine Zärtlichkeit für mich übrig. So als fürchtete er sich vor der Bestie in meinem Inneren oder vielleicht vor seiner eigenen.«

»Aber es blieb dir doch zumindest die Zärtlichkeit deiner Mutter.«

»Meine Mutter hatte ich ausgelöscht.«

»Aber du verlangst doch ständig heulend nach ihr.«

»Das kann ich nicht unterdrücken. Aber wenn ich an sie denke, dann immer mit Haß, so wie man sich an unnützes, schmutziges Getier erinnert.«

»Und deine Großmutter?«

»Die saß immer am Klo. Sie sagte, dort wäre sie wenigstens ungestört, denn sie hätte uns alle satt.«

Das Telefon läutete genau in dem Moment, als Carvalho zu einem Selbstgespräch ansetzen wollte.

»Gepökeltes aus Villores mit weißen Bohnen.«

»Wer macht mir so ein Angebot?«

»Es läßt wirklich nach bei dir. Wer kann dir denn schon so etwas zu dieser Stunde offerieren?«

»Bin schon unterwegs.«

Carvalho fuhr von seinem Haus in ein nächtlich schlafendes Vallvidrera hinunter, Kurven aufwärts, Kurven abwärts bis zum Haus des Steuerberaters Fuster, der ihn mit seiner Lieblingsschürze und einer griechischen Seemannskappe auf dem Kopf empfing. An dem bereits gedeckten Tisch saß eine dunkle Frau, die Carvalho überaus bekannt vorkam.

»María del Mar Bonet. Philip Marlowe.«

»Sehr erfreut«, sagte die Frau mit müde klingender Stimme.

»Ich hatte noch eingemachtes Schweinefleisch und einen weiblichen Gast zum Abendessen, zuviel für zwei, aber gerade richtig für drei Personen. Also dachte ich, wer wird es mehr zu schätzen wissen als mein Klient und Nachbar Carvalho?«

»Aber Enric, das macht dick, sogar sehr.«

»Das macht nicht dick, ganz und gar nicht«, erwiderte Fuster in wütendem Tonfall. »Außerdem müssen wir gegen dieses spindeldürre Frauenbild ankämpfen, das schon wieder in Mode gekommen ist.«

»Sie sind Privatdetektiv?«, fragte das Mädchen bei der Hälfte des Schweinsmedaillon.

»Äußerst privat.«

»Intim sogar, würde ich sagen«, meinte Fuster, den Mund voll mit Schweinefleisch aus seiner Heimat. »Schmeckt ihr, wie fein es ist? Diesen Lendenbraten lassen sie zuerst ein paar Wochen lang trocknen, dann wird er aufgeschnitten, in Schweineschmalz gebraten und in seinem eigenen Fett konserviert. Das Resultat? Los, sagt mir doch das Resultat. Auch wenn ihr beide meine Klienten seid, eurem Steuerberater dürft ihr doch alles anvertrauen.«

»In diesem Jahr wird die Hälfte von den Einnahmen meiner Auftritte an die Steuer gehen«, beklagte sich die Frau.

»Ich brauche fünf Morde im Jahr, um sie überhaupt bezahlen zu können.«

»Ihr beklagt euch einfach so, wie verwöhnte Leute. Welcher Steuerberater jedoch würde euch zu so einem Abendessen einladen?«

»Sind Sie gerade sehr am Nachforschen?«, bohrte die Frau nach, und in Carvalhos Ohren klang die Frage wie eine Mischung aus Höflichkeit und Häme.

»Ich habe gerade den Fall eines alten Rockers zu lösen.«

»Von denen, die nicht umzubringen sind?«

»Der ist mit allen Folgen, den der Tod mit sich bringt gestorben… Haben Sie, wo Sie doch Sängerin sind, vielleicht von den Gatos con Botas, den Gestiefelten Katern gehört?«

»Nein.«

»*Catalina es cosa fina* sagt Ihnen auch nichts? Und Eduardito, der angehende Sängerknabe?«

»Der sagt mir schon was. Ich war im Fernsehstudio, um beim Programm der Größten dabei zu sein, und da war auch der dabei.«

»Sang er auch?«

»Ja.«

»Und wie?«

»Mit viel Stimme. Am Ende wird er Kino machen.«

»Und warum singen Sie nicht für uns, Königin von Vallvidrera?«

Fuster hatte sich vor Maria del Mar Bonet auf die Knie geworfen.

Und beinahe übergangslos ließ sich Carvalho in ein Sofa sinken, während das dunkle Mädchen zur Gitarre griff und Merçé anstimmte, weit, sehr weit entfernt von zwei Nachbarn und Tischgenossen. Unmöglich, aus den drei Elementen ein Gebet zu schöpfen. Carvalho, der Steuerberater und die Sängerin, doch der Detektiv ließ sich dennoch von dieser vibrierenden, sinnlichen Stimme verführen. Sie konnte auf diese Insel vertrauen, von der sie hergekommen war, und sich die Wunden lecken oder die Spritzer abputzen, die irgendwelche Lachen hinterließen, in die sie den ganzen Tag über ihre Füße oder ihre Nase hineingesteckt hatte.

»Ich wußte nicht, daß diese Frau unsere Nachbarin ist.«

»Du bekommst wirklich gar nichts mit.«

Die Sängerin ist verschwunden, hat aber einen Geruch nach Meer und wildem Fenchel hinterlassen.

»Sie hat versprochen, uns zu einem mallorquinischen Eintopf, einem echten *Tombet* einzuladen.«

»Riecht nach Fenchel.«

»Der *Tombet*?«

»Nein, das Mädchen.«

»Mach dir keine falschen Hoffnungen, sie ist halb mit einem Politiker liiert.«

»Ich mache mir nie irgendwelche Hoffnungen. Aber manchmal genieße ich es, hübsche Frauen im Zug oder im Autobus zu betrachten. Vor allem, wenn sie abfahren.«

Heinz Sánchez Ruttmann war Sohn eines Flamencotänzers und einer Krankenschwester aus Düsseldorf, die in den Fünfzigerjahren nach Spanien gekommen war, um den Spanierinnen zu zeigen, was ein Bikini ist. Aus der Verbindung kam ein Mischling mit dem Körper eines mit Händen und Füßen den Rhythmus angebenden Tänzers und dem Hirn eines unbeirrbaren Privatdetektivs hervor. Als guter Halbdeutscher kehrte er bald den Wechselfällen des Freiberuflertums den Rücken zu und trat als Sicherheitsexperte in den Dienst eines deutschen, auch in Spanien angesiedelten multinationalen Konzerns. Fünfzehn Jahre Zwangsarbeit hatten ihn zu einem führenden, seiner selbst überdrüssigen Angestellten gemacht, nun dabei, sich zehn Jahre Ruhe zu gönnen und sich in der Zeit die Welt anzusehen. Nun erholte er sich gerade auf Ibiza, lebte von gutanlegtem Vermögen und einigen kleinen Jobs, mit denen er seine Muskulatur des alten Privatdetektivs aufrecht erhielt. Carvalho kehrte mit der dringenden Vorstellung nach Hause zurück, Heinz sofort anzurufen und ihn auf die Spur des anderen Lebens des Rockers auf Ibiza zu setzen. Er wachte mehrmals in den wenigen verbleibenden Stunden Schlafs auf, um sich Befehle zu erteilen, die bis zum nächsten Morgen in seinem Hirn blieben und darauf warteten, loslegen zu können. Ein erster Anruf nach Ibiza, an seinen Kollegen Heinz Sánchez Ruttman. Er sollte alles über José María Lacasa Torres herausfinden, einen alten Rocker, der sich gelegentlich auf der Insel aufhielt.

»Ist es von Bedeutung, daß er ein »alter Rocker« war?«

»Nein, das ist nur eine Form, ihn zu bezeichnen.«

Carvalho lehnte sich, die Hände im Nacken, zurück, über ihm eine Decke als Horizont, die entweder heruntergerissen werden sollte oder neu gestrichen. Jeder weitere Schritt hing von der Antwort aus Ibiza ab. Die einzigen Helden unserer Zeit sind die Helden des Rock, hatte einmal jemand gesagt, und er erinnerte sich nicht, wer, wo und wann. Helden aus Papier oder aus Klang gemacht. In den Fünfzigerjahren wirkten sie wild. Pomadiert zu Beginn der Sechziger. Aggressiv oder schmeichelnd heutzutage. Henker oder Opfer im miteinander geteilten Nichts. Jede Generation ersteht aus sich selbst und neigt zu einer hohen Selbsteinschätzung. Die von Carvalho machte aus der Anklage des Franquismus ihre moralische und ästhetische Rechtfertigung. Dann kamen die Rocker und vertrieben die alten Dämonen mit ihren Gitarren. Sie glaubten, die Musik würde den Kapitalisten und Militärs Angst einjagen, und damit hätte ihr Reich der Brutalität und Ausbeutung ein Ende. An dem Tag, an dem die Kadetten der Militärakademien und die Erben des Großbürgertums Rock zu tanzen lernten, war es vorbei mit der Revolution. Es scheiterte sogar die Hoffnung, daß sie nie ins Fernsehen kommen würde.

The revolution will not be televised.
You will not be able to stay home, brother…
plug in, turn on and cop out…
The revolution will not go better with Coke…
The revolution will not be televised, the revolution will
not be televised, will not be televised…
The revolution will be live.

Das demokratische Fair-play forderte aber genau das: die fürs Fernsehen gefilmten Revolutionen, zunächst, um sie zu relativieren, und dann, um sämtliche Reportagen zu Gunsten der Konterrevolution zu rechtfertigen. Die Trottel, die vor zwanzig Jahren an die Revolution des Rock glaubten, hatten nun ihre einlullende Aufgabe erfüllt. Nun waren sie ehemalige Rocker, nahmen die verbrauchten Teile des alten Systems wieder auf und vermittelten gleichzeitig die alte Mythologie den neuen Generationen, damit sich diese weiterhin mit einem harmlosen spirituellen Spielzeug die Zeit vertrieben. Idioten. Sie setzten ihre Gitarren gegen die Maschinengewehre und landeten schließlich an der ersten Stelle der Hitparade in den Kasernen, knapp gefolgt, das schon, von den Märschen.

»Warst du jemals Rockfan, Biscuter?«

»Seit ich Mambo tanzen lernte war ich schon nicht mehr zu bremsen, Chef. In Andorra war ich ein Star. Ich packte ein französisches Riesenweib, so um die zweihundert Kilo, warf sie in die Luft und zog sie zwischen meinen Beinen durch.«

»Ich untersuche gerade einen idiotischen Fall, Biscuter. Ein alter Rocker, der sich immer noch wie Elvis Presley kleidete, wurde in einem Müllcontainer in Sarriá gefunden. Unvorstellbar. Er widmete sich der bisexuellen Prostitution und hatte einen Sohn mit einer Exsängerin, die an der Bar eines billigen Animierlokals an der Peripherie bediente. Und das Kind ist auf dem besten Weg zum Schlagersänger.«

»Das klingt ja nach brasilianischer Seifenoper, Chef.«

Er hatte schlecht geschlafen und war im Lehnstuhl seines Büros eingenickt, ohne die Bohnen mit Tintenfisch auf ampurdanesische Art, die ihm Biscuter zubereitet hatte, gebührend zu würdigen. In der Abenddämmerung weckte ihn das Klingeln des Telefons, und er brauchte eine Zeitlang, um es vom anderen Lärm und der unsichtbaren Frische des Regens zu unterscheiden. Es war Heinz.

»Wie schnell.«

»Es war nicht schwierig. Der Kerl ist in manchen Milieus hier durchaus bekannt.«

»In schief angesehenen Kreisen?«

»Schief angesehen? Warum? Nein. Keine Rede davon. Er gilt hier als angesehener und ziemlich wohlhabender Mann.«

»Wohlhabend? Wir sprechen doch von derselben Person, oder? Von José María Lacasa Torres.«

»Ja, von José María Lacasa Torres, dreiundvierzig Jahre alt, aus Barcelona, genau von dem.«

»Und nach deinen Informationen ist er ein Onassis.«

»Kein Onassis, aber immerhin gut betucht.«

»Bist du dir sicher?«

»Zumindest was den Immobilienbesitz betrifft. Etwa zwölf Appartements über die Insel verstreut: in der *Cala San Antonio,* an der *Playa del Figueral.* Seltsamerweise gehören davon nur vier ausschließlich ihm. Die anderen teilt er. Er ist Mitbesitzer.«

»Mit wem?«

»Mit Luis Armenteras.«

Mit Luigi Piamonte also.

Volksfest in einem katalanischen Dorf. Karusselle, Buden mit *Churros*, Vereinnahmung des Raums, Hochschaubahnen und in einer Ecke, neben dem Zuckerwattenverkäufer der Lieferwagen des fetten Rockers, Luigi Piamonte alias Luis Armenteras. Der Lieferwagen war als Schaufenster für Singles mit Evergreens herausgeputzt. Dick, hinkend, aber agil wacht er eifrig über seine Platten und lockt mit dem Mikrophon in der Hand die Bauern an, die ins Dorf hinuntergekommen waren, um der Liturgie des Volksfests gerecht zu werden. Manchmal spricht Luigi Piamonte nur.

»Hundert Peseten die Single. Nur Luigi Piamonte kann so einen Preis anbieten, denn Luigi Piamonte ist der König der Singles. Tadellose Singles. Ihr kennt mich schon seit Jahren. Luigi Piamonte kommt immer.«

Die Bauern beäugen die Platten. Ein Mädchen fragt:

»Haben Sie etwas von Ian Dury?«

»Das frage mich nächstes Jahr, Kleine. Glaubst du etwa, daß du für hundert Peseten einen frisch herausgekommenen Ian Dury bekommst?«

Der Luigi Piamonte, der so antwortet, ist ein harter, aggressiver Mann, der nichts mit dem gemeinsam hat, der in der Folge auf den Lieferwagen klettert und ausruft:

»Wertes Publikum, auf mehrfachen Wunsch singe ich nun einen meiner alten Hits, ohne Begleitung, unplugged, wie die echten Sänger.«

Und er singt wirklich.

Sterne am Himmel.
Spuren im Meer.
Und dein so gelassenes Gesicht
in seiner weißen Blässe.

Es gibt keinen anderen musikalischen Hintergrund als das Jahrmarkttreiben, das Quietschen der sich dumm drehenden Maschinen, die in sich geschlossene Geschwindigkeiten vorgaben. Auf einmal hat Luigi Piamonte Carvalho in der Menschenmenge entdeckt, sie sehen sich an, messen ihre Blicke, aber Luigi Piamonte singt weiter, und in den Augen Carvalhos blitzt ein gewisser Respekt auf, der verschwindet, als das Lied zu Ende ist und sich der Detektiv dem Lieferwagen nähert. Er kommt gerade recht, um zu hören, wie ein paar freche junge Burschen Luigi schmeichelnd entgegenrufen:

»Du bist fetter als im letzten Jahr!«

»Etwas in die Breite gegangen!«

Luigi weicht mit vorgegebener Empörung den jungen, ihn umringenden Burschen aus und widmet seine Aufmerksamkeit Carvalho.

»Auf Jagd oder auf Fischfang?«

»Ich kam nur so vorbei. Ein guter Boden für Reizker.«

»Es hat wenig geregnet.«

»Dann stehts schlecht um die Reizker. Entweder regnet es zu wenig oder zu viel. Übrigens, wenn wir schon über Pilze sprechen, ich habe erfahren, daß unser Freund José María keineswegs so blank war, wie Sie vermuteten. Man hat ein schönes Sümmchen gefunden. Eine hübsche Sache, keine Kleinigkeit.«

»Das hat er aber gut verschwiegen!«

»Mit dem Reden ist es so wie mit den Reizkern. Manchmal verdirbst du die Sache, weil du sprichst, und manchmal, weil du nichts sagst.«

Sie messen ihren Blick, Luigi Piamonte läßt ihn zuerst sinken, während er lächelnd sagt:

»Darüber werde ich noch nachdenken.«

»Lassen wir doch die Dummheiten, Luigi. Soviel ich weiß, waren Sie und José María Geschäftspartner. Ein Teil der Besitzungen auf Ibiza lautet auf beide Namen.«

»Es ist nicht verboten, einen Geschäftspartner zu haben.«

»Aber es kann gefährlich sein, der Geschäftspartner eines Mannes zu sein, der wie ein Hungerleider stirbt.«

»Er war wie ein Rocker gekleidet, nicht wie ein Habenichts. Ich kleide mich auch nach der Mode von vor zwanzig Jahren und bin kein Hungerleider. Jeder hat seinen Tick. Und er hat sich eben wie Elvis Presley gekleidet. Aber er war ein Geschäftsmann, das versichere ich Ihnen.«

»Und Sie wußten, womit er sein Geld verdiente?«

»Sehr wohl.«

»Und das machte Ihnen nichts aus?«

»Hätte ich es vorziehen sollen, daß er mit Heroin dealte? Er beutete sich selbst aus, wie alle Künstler oder Schriftsteller.«

»Es wird eine Untersuchung geben, sobald sich die Polizei das mit Ibiza vorknöpft.«

»Dem sehe ich gefaßt und gelassen entgegen.«

»Warum tingeln Sie durch die Dörfer und machen sich lächerlich, wenn Sie doch so viele Besitzungen haben?«

»Man muß fürs Alter sparen. Das wird der Grund sein.«

»Sie gefallen mir.«

»Nun gut, er hatte mir gegenüber diese Besitzungen auf Ibiza erwähnt. Aber ich hielt sie für die typischen Phantastereien von José María.«

Der Drucker prüfte ein paar frische Visitenkarten. José Ilario Font. Verleger Multinationaler Publikationen.

»Logischerweise wird das alles seiner Frau und seinem Sohn zukommen, wenn er nicht ein gegenteiliges Testament verfaßt hat.«

»Logischerweise.«

»Vermuten Sie Probleme mit Luigi Piamonte, dem Inhaber von *El Rock de Chocolate*? Er ist sein Partner, zumindest was die Wohnungen angeht. Und was lief noch darüber hinaus?«

»Über sein Privatleben wußte ich nie etwas. Ich habe ihn ja bloß ein- oder zweimal gesehen.«

»Ich habe mit Tito Fontana gesprochen. Er ist wirklich sauer, weil sie alle nichts mehr für die Band tun wollten.«

»So etwas kam mir zu Ohren. Aber auf mich zählten sie schon nicht mehr. Können Sie sich denn mich wieder mit langer Mähne und hinter dem Schlagzeug vorstellen?«

»Ich will noch mehr über die Beziehung zwischen Luigi und José Mari erfahren.«

Gratacós blickt nach links und nach rechts, und redet schließlich so leise, als würde er zu sich selber sprechen, um Carvalho etwas zu entdecken, das er nie, nie und wirklich niemals irgendwem verraten hat. Mehr noch, sollte ich jemand fragen, würde ich ihm antworten, daß ich nichts weiß.

»Nur los. Keine Hemmungen.«

»Luigi war offensichtlich in José Mari verliebt. Luigi war ein Junge, der mit vielen Problemen zu Hause zu kämpfen hatte und in José Mari eine sichere Person, einen Bezugspunkt fand. Es gab einen speziellen Draht zwischen den beiden, wie bei diesen Ehepaaren, die sich verabscheuen, aber auch gegenseitig brauchen. Einmal fuhren wir zu einem Auftritt nach La Bisbal. In den Dörfern und vor allem bei Volksfesten aufzutreten war ein Abenteuer, weil dort das Publikum bunt gemischt ist und du nicht mit deinen Fans rechnen kannst. Es war ein sehr verunglückter Auftritt, weil sich ein paar Leute mit José María anlegten. In Wahrheit genoß er es, das Publikum zu provozieren, vor allem wenn es zurückhaltend war, und in jener Nacht übertrieb er mit seinem Gitarrengebumse im Elvis-Stil ... Sie verstehen schon, was ich meine. Das Publikum teilte sich in zwei Lager, und wir bekamen alles ab. Am schlimmsten ging es Luigi. Der kroch in den Lieferwagen und heulte, und niemand konnte ihn trösten. José Mari verlangte Zutritt, setzte sich zu ihm und wollte mit ihm alleingelassen werden. In der Zwischenzeit stritten wir uns mit den Veranstaltern dieses Auftritts, denn sie wollten uns nur die Hälfte des vereinbarten Betrags bezahlen, und in dem Fall war es immer am besten, José Mari vorzuschicken, denn der hatte das nötige Auftreten, er konnte gewaltig das Maul aufreißen. Ich ging ihn holen, und ...«

»Und was?«

»Er und Luigi waren wie ein Paar im Kino. Also, so wie sich früher die Paare im Kino befummelten.«

»Und was taten Sie dann?«

»Ich wandte mich ab und machte dann Lärm, um sie wieder in die Wirklichkeit zu befördern. Von dem Augenblick an ließ ich sie nicht mehr aus den Augen. Nicht aus Argwohn, es war stärker als ich, stärker als ich der Drang, herauszufinden, ob es nur eine Eintagsfliege war oder weiterging.«

»Und zu welchem Schluß kamen Sie?«

»Daß die Sache weiterging. Deswegen ging es Luigi zwei Jahre später auch so nahe, als sich José María mit Silvana einließ.«

»Tito Fontana sagt, daß Sie sie auch nicht leiden konnten.«

»Nein, ich konnte sie wirklich auch nicht leiden. Aber verstehen Sie das doch, bitte. Sie bedeutete den Anfang des Endes unserer Band. Ich hatte einen Haufen Probleme. Zu Hause setzten Sie mich unter Druck, zwischen Musik oder Geschäft zu entscheiden, und diese Frau war wie die Ankunft des Trojanischen Pferds in Troja. Und so war es dann auch.«

Señor Gratacós findet keinen Ort in seinem geräumigen Lager, wo er seinen Blick ruhen lassen könnte. Hin und wieder forscht er in Carvalhos Augen, ob er in ihnen das erwartete Ergebnis erspähen kann. Carvalho harrt jedoch aus, bis die Ungeduld die zurückgehaltenen Worte herausschleudert.

»Es ist Luigi gewesen, nicht wahr?«

»Warum sind Sie so sicher?«

»Ich bin nicht sicher, ich behaupte gar nichts. Aber es wäre logisch. Diese Beziehung ging weiter, und ihren Erzählungen zufolge blieb sie bis heute aufrecht und ging so weit, daß die beiden sogar Geschäftspartner waren.«

»Aber warum hätte dann ausgerechnet Luigi ihn umbringen sollen?«

»Luigi war immer sehr leidenschaftlich, und José María behandelte ihn herablassend.«

»Sie hatten seit Jahren keinen Kontakt, demnach wissen Sie nicht, wie ihre Beziehungen in der letzten Zeit waren. Ich gehe jetzt, Señor Gratacós. Ich muß Silvana und ihrem Sohn mitteilen, daß sie das große Los gezogen haben.«

Eduardito, der singende Junge wärmte sich soeben sein Abendessen auf.

»Ich lade sie mit tausend Freuden ein.«

Carvalho brauchte lang, bis ihm klar wurde, daß dieser Satz aus dem Mund eines frühreifen Knaben und nicht aus einem Heiligenkalender stammte, der an der Wand des Eßzimmers hing.

»Ich möchte mit deiner Mutter sprechen.«

»Die arbeitet und kommt erst sehr spät.«

»Was hast du da in dem Glas?«

»Geschlagenes Eiklar. Das trinke ich jeden Tag für die Stimme. Ich lerne gerade *Yo soy minero* auswendig. Soll ich es Ihnen vorsingen?«

»Nein, das ist nicht der passende Augenblick. Aber ich werde es mir eines Tages mit einer Freundin anhören, die ein Herz für singende Jungen hat.«

»Meine Mama spart, um einen Festsaal zu mieten, damit ich dort auftreten kann.«

»Jetzt sag mir doch, wie ich deine Mutter in ihrer Arbeit sprechen kann.«

»Ich habe eine Telefonnummer für den Notfall. Rufen Sie sie an und erklären ihr, was Sie wollen.«

Vor einem Hintergrund lärmender Stimmen und Gläsergeklirr kann Silvana kaum verstehen, was Carvalho von ihr will. Sie erklärt ihm inmitten der Geräuschkulisse, wie er mit dem Auto an den Stadtrand von Barcelona, zum Nachtklub *Posada de Jamaica* fährt. Und dann gilt es noch, sich durch Rauchschwaden und Alkoholfahnen durchzukämpfen, durch die Leute, die sich in einer weitläufigen, in Höllenrot dekorierten Halle zusammendrängen, und deren weiße Lichter flüchtig die Gesichter einer Menschenmasse preisgeben, deren Ohren von einer hämmernden Musik zugeknallt sind. Silvana war eine von den acht Frauen, die Gesicht und Busen hinter dem Tresen zeigte, zwei aufgeblasene Brüste, die schon zu platzen drohten, nach den blauen Adern zu schließen, die sich im rötlichen Halbdunkel ausnehmen ließen.

»Trinken Sie etwas, sonst bekomme ich Ärger.«

»Gibt es keine Möglichkeit, ohne diesen Lärm mit Ihnen zu reden?«

»Bezahlen Sie oben ein Separée. Was soll es denn sein, eine kurze Erleichterung oder ein kompletter Service?«

»Was ist der Unterschied?«

»Der Preis und die Behandlung. Eine Erleichterung ist, was es ist, und beim kompletten Service ist das Bett dabei.«

»Erleichtern wir uns also.«

Kaum hatte er die vier Quadratmeter große Kammer betreten, spürte Carvalho, wie der Boden über der Musik und den zusammengepferchten Menschen siedete. Silvana setzte sich auf das Sofa und wartete lächelnd, daß er an ihrer Seite Platz nahm.

»Ich war in Ihrer Wohnung und habe Ihren Sohn gesehen. Er hat sich gerade sein Abendessen aufgewärmt.«

»Hat er auch seine Eiklar getrunken?«

»Er hatte sie schon vorbereitet.«

»Er darf es keinen Tag vergessen. Nun studiert er das Repertoire von Antonio Molina, und da muß seine Stimme fit sein.«

Carvalho ließ seinen Blick auf die nackten Brüste Silvanas gleiten und berichtete ihr von seinen Nachforschungen auf Ibiza. Es war erstaunlich, die sanfte und großzügige Ruhe der Brüste mit der plötzlichen Aufregung zu vergleichen, die Silvana erfaßte, als sie erfuhr, daß sie reich werden würde. Carvalho machte sich sanft von ihr los, als sie sich auf ihn stürzte und sein Gesicht zwischen zwei heißen Brüsten versank, deren Spitzen jeglicher Phantasie offenstanden.

»Aber alles kann verlorengehen oder sich über Jahre hinziehen, wenn der Tod José Marías nicht aufgeklärt wird.«

Ein Eimer eiskalten Wassers hätte sie nicht mehr erstarren lassen können.

»Je früher wir den Mörder finden, umso besser. Ich will, daß sie mir alles erzählen, was von dem Moment an geschah, als sie José Mari in die Band hineingezogen hat. Wie die Reaktionen waren, wie jeder für sich reagierte.«

»Das ist eine lange Geschichte, und sie haben nur den Tarif für einen schnellen Fick gezahlt.«

»Keine Sorge, wir haben die ganze Nacht vor uns.«

Sich ein ganzes Leben lang durchschlagen und die völlige Armut zu riechen, um festzustellen, daß selbst die Anpassungsfähigkeit ihre Grenzen hat. José María hatte Silvana in einem sadistischen, gegen die Band und gegen das Mädchen gerichteten Akt geheiratet. Eine Herausforderung oder eine Wette. Das wußte nicht einmal Silvana so genau. Sehr wohl aber erinnerte sie sich an die Nächte, die sie schlaflos und außer sich verbrachte, während Luigi und José María nach einem Streit oder irgendeinem Wortwechsel auf der Bühne verschwanden, um sich bei einer kleinen Reise wieder zu versöhnen. Von Luigi bekam sie die Kränkungen, von José María die Geringschätzung und von Gratacós wurde sie ständig eingedeckt, damit sie endlich das Handtuch werfe.

»Diese Schmeißfliege tut so, als könnte sie kein Wässerchen trüben, hat's aber faustdick hinter den Ohren. Sie können sich gar nicht vorstellen, wie hinterfotzig der ist. Als ich Eduardo erwartete, bemerkte ich, daß er mir nachstellte, und ich bekam auch wochenlang anonyme Briefe. Sicher hat er sie geschrieben. Darin stand, daß José María mich zwingen würde, das Kind abzutreiben. Tito mischte sich nicht ein. Der war immer abgehoben. Er war ebenso klotzig wie einfach. Träumte nur davon zu heiraten, daß seine Frau nicht arbeiten müßte und er seinen Eltern eine Wohnung bezahlen könnte. Er war der einzige, mit dem man reden konnte. Er hatte Gefühle.«

Carvalho verließ im Morgengrauen die *Posada de Jamaica.* Das Schild dieser Absteige erinnerte ihn an einen Film mit Charles Laughton. Der alte Mime erscheint zwischen den Segeln eines Zweimasters, hält eine Abschiedsrede und wirft sich aufs Deck. Als Carvalho vor dem *El Rock de Chocolate* hielt, sah er, daß der Rolladen noch nicht ganz heruntergelassen war, der Saal aber leer. Er überging jemanden, der noch dabei war, das Licht auszumachen, und rief nach oben.

»Luigi, ziehen Sie sich Hosen an und kommen Sie herunter.«

Luigi Piamonte brauchte seine Zeit, um aus dem gleich oberhalb gelegenen Büro zu kommen. Einen Augenblick verweilte er auf der obersten Stufe, das Licht im Rücken, wie eine Amphore angestrahlt, mit seinem wirren Haar und in wohl von weißen, dicken, schwabbeligen Beinen ausgebeulten Hosen. Er stolzierte wie eine heruntergekommene Königin des *Froufrou* herab und sah Carvalho aus den Augenwinkeln an.

»Sind Sie noch immer in der Sache unterwegs? Wer hat Sie bloß da hineingezogen? Warum vergeuden Sie damit Ihre Zeit?«

»Alle Leute vergeuden ihre Zeit. Lassen Sie mich bloß nicht philosophisch werden. Das könnte schlimm ausgehen. Wer fummelt denn da an den Lichtern herum?«

Hinter der Tanzfläche saß ein Junge mit lila Haar, einem gelben Auge und einem herzförmig geschminkten Mund am Schaltpult.

»Wo haben Sie denn diesen Clown aufgegabelt?«

»Das ist der neue Discjockey. Lassen Sie ihn in Ruhe. Er ist mein Patenkind.«

»Auch Ihr Partner?«

»Der mein Geschäftspartner?«

»Teilen Sie mit ihm auch Ihre Besitzungen auf Ibiza?«

Luigi Piamonte streckte seine Hand wie eine Kralle nach Carvalho aus. Carvalho ließ diese amorphe, mit langen Fingernägeln bestückte Masse bis auf Augenhöhe herankommen, weiter kam sie nicht, weil der Arm zu schlaff war. Carvalho zwickte Luigi Piamonte in die Wange und stieß ihm leicht zwischen die Beine. Es war genaugenommen kein Schlag, sondern eine sanfte Warnung.

»Faß mich nicht an, du Rohling.«

»Von wegen Hungerleider.«

»Alles, was er besaß, hatte er mir zu verdanken. Er hat es mit seinem Arsch verdient, der Mistkerl. Mich hat er mit Füßen getreten und vögelte, was ihm nur unterkam, kam aber immer wieder mit der Träne im Knopfloch zurückgekrochen. Was wäre ich ohne dich, Luigi?«

»Und bei so einer Gelegenheit platzte dir dann der Kragen.«

»Ich habe ihn nicht umgebracht. Das wäre so gewesen, als hätte ich mich selber umgebracht.«

»Du sprichst wie in Boleros. In Wahrheit seid ihr alle Boleros entsprungen. Dieses Land hat nie Rocker hevorgebracht. Wir neigen nun einmal zum Bolero. Ich bin müde. Diese Geschichte macht mich müde.«

»Lassen Sie es bleiben. Sie werden die Schulden nicht kassieren, die José Mari zurückließ. Die Witwe wird bezahlen.«

»Gratacós hat gesagt, daß Sie der Mörder sind.«

»Gratacós ist ein verschämtes Gör, der sich eher vor Angst als vor Scham in die Hose macht. José Mari hat mich schlecht behandelt, aber ihn zum Arsch auswischen.«

»Ich nehme an, zu Beginn wart ihr alle sauber. Ihr wolltet groß, reich und hübsch sein mit euren Rocksongs. Wann habt ihr bemerkt, daß ihr verrückt wart? Potentielle Mörder?«

»Die Schlechtigkeit brachte José Mari in die Band.«

Luigi hatte den Kopf zurückgeworfen und bot Carvalho den wahrhaftigen Anblick seiner geschwungenen, frisch gezupften Augenbrauen, seiner tränenden Augen und den Gesichtsausdruck eines Beichtenden dar.

»Aber ich liebte ihn. Ich liebte ihn, bis er zu einem alten Spieler wurde, der immer mit dem gleichen Trick daherkam. Zuletzt war unsere Beziehung wie die von alten Ehepaaren, die sich nicht trauen, ihre Gefühlsreserven aufzubrauchen, die Angst davor haben, frei zu sein. Er war eine Karikatur seiner selbst. Aber ich habe ihn nicht umgebracht. Er war mir schon fast gleichgültig.«

Der lila Knabe war zu ihnen getreten, und unter der

Schminke zeigte sich die Angst, die eigene Schutzlosigkeit, ausgelöst von der Luigis.

»Keine Sorge, Herzchen, es geschieht schon nichts. Den habe ich auf der Straße aufgegabelt und mitgenommen. Es wird ihm an nichts fehlen. Ich werde ihm ein Studium bezahlen. Für mich war das wie ein Neubeginn. Er hat Talent, möchte Schauspieler werden.«

»Ich bin schon Schauspieler!«, rief der lila Junge bockig aus.

»Natürlich, mein Herzchen.«

Nach der zweiten zärtlichen Berührung wandte Carvalho seinen Blick ab. Das hätte er auch getan, wenn es sich um einen Mann und eine Frau gehandelt hätte. Zärtlichkeiten gehören nicht geraubt, schon gar nicht, wenn geprügelte Hunde sie austauschen.

Es wäre zwecklos gewesen, das Ende hinauszuschieben indem man zu Bett geht, ohne schlafen zu können. Eine kontrollierte Anspannung führte ihn zur Auflösung, und er schätzte, daß gute Handwerker bei Tagesanbruch zu arbeiten anfingen, vor allem, wenn sie eine Familientradition vererbt bekamen und von Kind an sich selber und allen anderen beweisen mußten, daß sie nicht weniger wert waren als ihre Eltern und Großeltern. Um halb acht Uhr morgens kann man sich schon vornehmen, einen elenden Fall zu lösen und kurz danach die Gelegenheit zu nützen, um im *Pa i Trago* eine hervorragende Sulz mit Schmorgemüse einzunehmen, um den Tag mit dem Magen zu begrüßen, der ja eigentlich die Seele ist. Um sieben Uhr dreißig hatte Señor

Gratacós den Rolladen mit einem geschickten Griff hochgezogen, wozu sein Vater immer einen Haken benutzt hatte. Señor Gratacós ist in die einsame Kathedrale seiner Arbeit getreten. Er genießt sie, wie man nur eigene Paradiese genießen kann. Er setzte die Brille ab und legte sie auf den Tisch neben einen Stapel Papierbögen. Er strich sich mit der Hand übers Gesicht, so als wollte er seine Züge massieren und kniff die Augen zusammen. Dann lehnte er sich in seinem Stuhl zurück. Danach stand er auf, zog sich den blauen Arbeitsmantel aus, krempelte sich die Hemdsärmel hoch und rieb sich die Arme, so als genösse er den eigenen Hautkontakt. Er lief an der rechten Wand entlang und schaltete die Deckenlichter aus, die über den Maschinen hingen. So war nur mehr ein Licht an, in der Mitte der Halle, wo sich die Wege kreuzten, die zu den verschiedenen Maschinen führten. Er blieb unter dem Licht stehen, so als würde es ihn niederdrücken und daran hindern, weiterzugehen. Mit einer jähen Bewegung setzte er einen angewinkelten Fuß nach vorn, dann den zweiten, und er begann einen schweigsamen Tanz, so als klänge die Rockmusik in seinem Inneren.

Catalina die ist fein,
Catalina, sie ist mein,
oh, oh, oh, Catalina
Catalina hat's mir angetan,
Catalina, meine Kleine,
oh, oh, oh, Catalina.

Er sprang auf eine der Maschinen, hüpfte wieder herunter und dann auf die nächste, während er den Text murmelte und sich wie eine Vedette mit der ganzen Welt als Bühne verrenkte.

»Señor Gratacós«, sagte Carvalho, und der Tänzer erstarrte zur Marmorstatue. Eine Hand am Mund und die andere ins Halbdunkel gestreckt, aus der die Stimme gedrungen war. Carvalho trat aus dem Schatten, und der Drucker wich zurück in den beleuchteten Bereich, wo er die Einsamkeit und den Ernst eines Kleinunternehmers des Viertels wiederfand, eine Arbeit, die keine Zeiten kennt, ohne Feiertage, mit drei Kindern und einer in der Klinik Puigvert an den Krampfadern operierten Frau.

»Señor Gratacós.«

»Ach, Sie sind es.«

Der Drucker hatte ihm den Rücken zugekehrt, suchte nach dem Arbeitsmantel wie nach einer zweiten Haut. Er atmete ruhiger und sagte dann ohne aufzusehen: »Manchmal überkommt es mich einfach. Das kennt ja jeder.«

»Ich wollte für meine Nachforschungen kassieren. Ich weiß, wer der Mörder ist.«

»Selbstverständlich. Ich stelle Ihnen einen Scheck aus.«

Carvalho folgte ihm ins Büro, nannte eine Summe. Ein Befehl. Der andere schrieb, unterzeichnete. Carvalho nahm den Scheck, steckte ihn ein. Der Drucker hob seine Augen nicht vom Löschpapier, das einen Teil des Tisches bedeckte.

»Es ist Luigi Piamonte gewesen, nicht?«

»Nein.«

»Nein«, sagte er wie zustimmend.

»Wir hatten uns jahrelang nicht gesehen und trafen uns im Riesenwirbel beim Konzert von Supertramp durch Zufall. Wir sahen uns dann noch manchmal. Ich tat so, als wäre alles wie früher, aber er war zynisch geworden, ein Ekel, der niemanden mochte und alle Welt ausnahm. Er war in diesen schrecklichen Luigi verknallt.«

»Sie haben ihn umgebracht und mir den Fall übertragen,

da die Polizei offensichtlich kein besonderes Interesse zeigte und nicht hinter Luigi her war.«

»Er war der logische Mörder.«

»Luigi genügte sein stetes Wiederkommen. Mehr brauchte er nicht. Ihn Wahrheit haßten Sie ihn, so als erwarteten Sie noch immer, daß er zurückkäme. Zwischen Ihnen und Luigi bestand eine uralte Rivalität. Er wagte das, was Sie nie gewagt haben, auch um den Preis, nie mehr wieder ein angesehener Mann sein zu können.«

»Die Liebe macht uns zerbrechlich. Erniedrigungen einzustecken hat seine Grenzen.«

»Ich werde Sie nicht anzeigen. Ich zeige meine Klienten nie an, das erschiene mir unethisch. Aber eines Tages wird die Polizei hier auftauchen.«

»Ich habe ihm einen Grabstein machen lassen. Wie gefällt er Ihnen?«

Er streckte ihm eine Zeichnung hin. Stechpalmenbordüre. Gitarren in den Ecken. Eine Inschrift: FÜR JOSÉ MARÍA UND FÜR DEN ROCK. Carvalho fand es altmodisch. Als er *La Parrala* aus dem Mund von Eduardo, dem Sängerknaben, gehört hatte, war ihm das Lied einigermaßen zeitgemäß erschienen.

Charo genießt es, wenn Carvalho sie ausführt, und sei es bloß ins Kino oder ins Theater, sie erlebt das wie eine Vedette, die ihren Auftritt auskostet und sich auf den Höhepunkt vorbereitet, wo sie von Boys umrundet die Treppe hinuntersteigt.

»Ich werde mir diesen süßen Seidenpyjama anziehen.«
»Du wirst es wissen.«
»Ich bin so glücklich, wenn wir gemeinsam ausgehen, Pepe. Wir sollten das öfter tun. Manchmal denke ich darüber nach, wie mein Leben aussieht, und ich könnte mich dafür ohrfeigen. Wozu die viele Arbeit. Was habe ich davon. Ich greife ein wenig meiner verheirateten Schwester unter die Arme, der aus Montcada, leiste mir nichts, ein paar Klamotten... Jetzt habe ich mir ein *Follow me* gekauft, um Englisch zu lernen.«
»Wozu willst du Englisch lernen?«
»Mit Englisch ist alles leichter.«
Der Satz klingt für ihn rätselhaft. Vor allem aus dem Badezimmer kommend, wo sich Charo soeben zurechtmacht. Eine Charo mit einer Brust da, der anderen dort, die sich so schnell wie möglich anzieht.
»Er soll ganz entzückend sein. Zum Anbeißen.«
»Wer?«, fragt Carvalho aus dem Nebenzimmer, während er in der Zeitschrift *Hola* blättert.
»Eduardito. Oder gehen wir nicht zum Auftritt von Eduardito, dem Sängerknaben?«
»Wenn du dich nicht beeilst, werden wir nirgendwohin gehen.«
»Ich bin schon fertig. Da bin ich.«
Und da ist sie, eine herausgeputzte, frische Charo, bereit, an Carvalhos Seite das Abenteuer einer Nacht für sich zu erleben, ohne Telefonkunden.
»Kann sich das Mädchen sehen lassen?«
Sie dreht sich, damit Carvalho sie gut betrachten kann.
»Vielleicht habe ich mich schlecht ausgedrückt. Wir gehen zu keiner Taufe, sondern hören einen Waisenknaben singen.«

Charo schwankt zwischen Empörung und Resignation, seufzt aber schließlich, zählt bis zwanzig während Carvalho ihr folgt, sie verlassen die Wohnung, steigen ins Auto und betreten ein Nachtlokal, in dem Eduardito, der Sängerknabe in einem Benefizkonzert für die UNICEF debütiert. Ein gesellschaftliches Ereignis. Elegante Damen und Herren, den Wohlstandsbauch in ein Sakko gezwängt und von Krawatten aus italienischer oder thailändischer Seide halb erwürgt. Einer zeigt einem anderen seine Krawatte und zwinkert ihm zu: »Die hat mir meine Frau in Bangkok gekauft, während ich bei der Massage war.«

Carvalho und Charo suchen nach einem Platz. Da und dort tauchen Gesichter von Personen auf, die ihm bei seinen Ermittlungen begegnet sind. Alte Rocker. Onkel. Tanten. Cousins. Cousinen des alten Rockers, und plötzlich kündet das Orchester an, daß es losgeht, und Fernando Esteso betritt die Bühne. Es wirkt so, als wäre es sein persönlicher Auftritt, weil er ein paar Witze erzählt, aber schließlich sagt er, daß der Star des Abends ein anderer ist. Und er stellt Eduardito, den Sängerknaben vor, der zusammen mit seiner Mutter ins Rampenlicht rückt.

»Es muß eine Freude sein, so einen Jungen zu haben, nicht wahr, Señora?«

Das Topless-Girl als gesittete Dame in eleganter Abendkleidung nickt zustimmend.

»Hast du gute Noten?«

»Meine Sache ist die Kunst«, platzt das kleine Monster heraus.

»Er hat Talent«, bestätigt die Mutter.

Der Präsentator läßt nun den Jungen *La Parrala* vortragen. Während das Kind singt, fällt Carvalhos Blick auf die Gesichter von Tito Fontana und Luigi Piamonte, die in wenigen Minuten gealtert zu sein scheinen. Schließlich betrachtet Carvalho den Knaben. Er singt sich die Seele aus dem Leib, weiß, daß es um alles oder nichts geht. Carvalho sieht ihn wohlwollend an, lächelt ihm zu. Als das Lied zu Ende ist, applaudiert er heftig und gerührt.

Manuel Vázquez Montalbán, (Barcelona 1939 – Bangkok 2003) war Lyriker, Romanautor, Essayist, Kolumnist, Gourmet und Erfinder des Privatdetektivs Carvalho in so berühmten Kriminalromanen wie *Die Vögel in Bangkok*. Für sein Werk wurde er mit zahlreichen internationalen Literaturpreisen ausgezeichnet.

Mehr von Manuel Vázquez Montalbán …

Hof der Lust Roman

Ein Liebesroman über vier Paare: Den Literaturwissenschaftler Julio und seine Geliebte Myrna. Das Ehepaar Julio und Madrona. Die jungen Menschenrechtskämpfer Pedro und Myriam. Den Ritter Erek und seine Enite aus der Artussage.
Ein wunderbares Buch über Liebe, Abenteuer und Treue.
»Mit scharfem Blick und noch schärferer Zunge entlarvt er Verlogenheit, wo er sie findet.«
Klara Obermüller, Frankfurter Allgemeine Zeitung
Aus dem Spanischen von Theres Moser
Taschenbucherstausgabe. WAT 518. 288 Seiten

Das Quartett Roman

Zwei Frauen, drei Männer. Wie soll das gutgehen? Zumal die Freunde auch noch einer leichtlebigen Jeunesse dorée angehören. Ein furioses Quartett, ein literarisches Virtuosenstück über Paarbeziehungen.
»Montalbán hat – in der Tradition Dürrenmatts, plus Homoerotik, minus Theologie – einen hinreißenden Kriminalroman geschrieben.« Martin Krumbholz, Neue Zürcher Zeitung
Aus dem Spanischen von Theres Moser
Quart*buch*. Gebunden. 112 Seiten

Kaiser oder Nichts Roman

Ein Roman über Macht und Schicksal, Erfolg und Niederlage, über die Brutalität und das Charisma großer historischer Persönlichkeiten. Über die Skrupellosigkeit der Herrscher und die folgsame Treue der Beherrschten.
Dar katalanische Kardinal Rodrigo Borgia wird 1492 zum Papst Alexander VI. gekrönt und begründet die berüchtigte Herrschaft der Borgias.
»Montalbáns brillanter Borgia-Roman ist nicht weniger spannend und unterhaltsam als die Krimis aus seiner Feder, in denen Privatdetektiv Carvalho ermittelt.«
Klaus Haupt, Neues Deutschland
Aus dem Spanischen von Theres Moser
Quart*buch*. Leinen. 360 Seiten,

...im Verlag Klaus Wagenbach

Robinsons Überlegungen angesichts einer Kiste Stockfisch

Ein Weihbischof »im einstweiligen Ruhestand« erlebt eine außergewöhnliche Robinsonade: Der Gourmet von Gottes Gnaden landet als Einmannsegler auf einer unbewohnten Karibik-Insel. Das heitere Laster der Schlemmerei, in Gedanken und Worten, aber ohne Werke. Und die witzige, boshafte Karikatur der traurigen Robinsonade des Konsums.

»Ein kulinarisches Divertimento, bei dem Geist und Gaumen gleichermaßen angeregt werden.«

Albrecht Buschmann, Der Tagesspiegel

Aus dem Spanischen von Michael Hofmann
SVLTO. Leinen. 96 Seiten

Die lustigen Jungs von Atzavara Roman

Freunde aus Barcelona verbringen gemeinsam eine Woche am Meer. Zwölf Jahre später blicken sie auf die Zeit zurück und fragen sich, was aus ihren Hoffnungen geworden ist.

Vázquez Montalbán läßt jeden der Freunde aus seiner Perspektive über die Zeit in Atzavara berichten: Von ihren großen Reden über die Freiheit und den kleinen Träumen.

»Es gilt, ein echtes Meisterwerk wiederzuentdecken!«

amazon.de

Aus dem Spanischen von Willi Zurbrüggen
WAT 452. 320 Seiten

Marcos Herr der Spiegel

Der geheimnisvolle, bislang nur maskiert auftretende Subcomandante der Indios von Chiapas im Gespräch mit dem Autor von Pepe Carvalho.

Der Romancier Manuel Vázquez Montalbán wird mit diesem Buch in Deutschland auch als brillanter Essayist und scharfer Gesellschaftskritiker vorgestellt.

»Hochinteressant – weil Marcos endlich ein präziser, aber dennoch leidenschaftlicher Interviewer gegenüber saß.«

Barbara Liepert, Süddeutsche Zeitung

Aus dem Spanischen von Gerda Schattenberg-Rincòn
Aktualisierte Ausgabe. WAT 522. 240 Seiten

Jorge Edwards Der Ursprung der Welt Roman

Ein scheinbar harmloser Museumsbesuch verändert das Leben eines angesehenen Arztes. Vor einem berühmten Bild kommt ihm ein unheilvoller Gedanke: Stand seine eigene Ehefrau Modell für Aktfotos?

»Ein großartiger, sehr komischer und unterhaltsamer Roman.« Mario Vargas Llosa

Aus dem chilenischen Spanisch von Sabine Giersberg
Quart*buch*. Gebunden. 176 Seiten

Santiago Gamboa Die Blender Roman

Drei Blender aus Deutschland, Frankreich und Amerika auf der fieberhaften Suche nach einem wertvollen chinesischen Manuskript.

»Drei Barbaren auf Entdeckungsreise in Asien – ein faszinierendes und wunderbares Buch.« Arturo Garía Ramos, ABC

Aus dem kolumbianischen Spanisch von Stefanie Gerhold
Quart*buch*. Gebunden. 320 Seiten

Santiago Gamboa Das glückliche Leben des jungen Esteban

Santiago Gamboa beschreibt eine Kindheit und Jugend in Kolumbien und Europa.

»Einer der schönsten lateinamerikanischen Romane, die zuletzt in deutscher Sprache erschienen sind.« Florian Borchmeyer, Frankfurter Allgemeine Zeitung

Aus dem kolumbianischen Spanisch von Stefanie Gerhold
Quart*buch*. Gebunden. 390 Seiten

Josan Hatero Der Vogel unter der Zunge Roman

Stell dir vor, es ist Krieg, und du mußt hin. Für eine Gruppe junger Menschen wird dies plötzlich Realität. Wie gehen sie damit um? Welchen Wert und welchen Bestand haben unter diesen Umständen Freundschaften und die Liebe?

»Hatero stellt die richtigen Fragen: wie sähe heute ein Krieg in einem westeuropäischen Land aus und welche Menschen würden ihn führen?« Maike Albath, Süddeutsche Zeitung

Aus dem Spanischen von Susanna Mende
Quart*buch*. Gebunden. 120 Seiten

Laura und Catalina
erschien 2005 als 130. *SVLTO*

Die zwei Liebesgeschichten erschienen 2000 in dem Band *Tres historias de amor* bei Editorial Planeta in Barcelona.

1. Auflage im März 2005

Verlag Klaus Wagenbach, Emser Straße 40/41, 10719 Berlin.
Umschlaggestaltung Julie August unter Verwendung des Photos *Der Schleier* von Man Ray ©Man Ray Trust, Paris/VG Bild-Kunst, Bonn 2004. Gesetzt aus der Concorde Nova von der Offizin Gorissen, Berlin. Bucheinbandstoffe von Ernstmeier, Herford. Gedruckt auf chlor- und säurefreiem Papier und gebunden bei Clausen & Bosse, Leck. Printed in Germany.

ISBN 3 8031 1229 X

9 783803 112293